タイムス文芸叢書
016

私のお父さん

星のひかり

沖縄タイムス社

もくじ

私のお父さん　3
みなみかぜ　43

第48回新沖縄文学賞受賞作

私のお父さん

十五才の春を迎え、姉の久子は少しばかり背が伸び、やっと人並みの体格に近づいてきたように見えたが、農家の娘とは思えないような白く清らかな手をしていた。

もうすぐ中学を卒業する姉だったが、生まれつき体が弱く、性格も内向的で家族以外の前ではほとんど口を開くこともできないことには何も変わりはなかった。長女として生まれながら畑仕事や家の手伝いもままならず、このままでは街に出て就職することすら危うい状況だった。初めて授かった我が子が虚弱体質であるということが両親の悩みの種だったようだ。終戦からまだ十三年も経過していないこの時代はどの家も貧困を極めていて、大きな病院で検査を受ける余裕などあるはずもなく、せいぜい二ケ月に一度、初老の医者が隣の集落から往診に来て公民館で集団検診が行われるくらいのものだった。そこでは栄養失調による貧血と診断されたが、薬すら処方されずに帰された。

姉の久子に回ってくる唯一の仕事は半年前に生まれた弟、達男の子守りだった。何をやらせても途中で息切れを起こし、時にはそのまま倒れてしまうこともしばしばだったので、両親が久子に仕事を言いつけることはほとんどなかったが、子守りだけは立ったり座ったり自分の加減でこなせるので彼女には適任だった。おかげで畑仕事や薪割りなど過酷な仕事は次女の私に全部回ってきてしまう。私と姉の久子は年子である。小学校に上がるころには背丈も横幅も姉よりはるかに上回っていたので私の方が長女に間違われることが多かった。

太平洋戦争の傷跡がまだ生々しく残るこの時代にあっては、子供らがのんびりと遊ぶ時間など当然与えてはもらえなかった。特に陸の孤島と呼ばれたこの地域は戦後の復興の兆しが一向に見えず、目まぐるしく進化していく那覇や名護との格差は歴然だった。人々がバーで飲んだり街で流行りの服を買ったりしている頃、私たちは荒れ地の中に置き去りにされていたのだと言うことをずいぶんあとになってから知ったのだった。

学校から帰ると牛の散歩と豚小屋の掃除を終え、山から取ってきた薪を使いお風呂を沸かした。錆びついたドラム缶の湯船には父親がまず一番に入り、次に母親が小さい妹たちを抱き上げてお湯に漬け込む。その横で母は妹たちにブリキの洗面器でお湯を汲ませ、頭からかけてもらいながら行水をして体を洗っている。奇妙な光景ではあるが、我が家では日常的にこれが行われている。私と姉の久子はいつもどちらかが最後にお湯につかることになる。妹たちが上がるころにはドラム缶の中のお湯もすっかり冷めてしまっていて、また薪をくべて沸かしなおさなくてはならないことが私は苦痛だった。一方、姉はこの時間がとても楽しいとでも言うように決まって鼻歌を歌いだす。かすれた声で姉が歌うちんぬくじゅうしーはいつも鳥や虫の鳴き声にかき消される。普段話す音量よりも幾分か気合の入った歌声だったがそれでも健康な女学生に比べると貧弱なか細い音だった。我が家は両親と姉の久子と私と妹が二人、半年前に生まれた弟もいて全部で七人家族だ。

もの心ついた頃にはもう畑に連れていかれた。まだ甘えたい盛りに妹たちが次々に生まれ、布団で寝るときも母親に触れることすらできなかった。父親も妹たちには甘いが、私と姉の久子には暴力こそ奮わないものの、仕事を怠けたり母親の言うことを聞かなかったりすると物凄い剣幕で怒られたものだった。とても恐ろしい存在でそれは姉にとっても同じだった。それもあって私は姉の事を親に忘れ去られた同じ境遇の同志のように思えるのだ。寂しいと感じる余裕すらなかったのは生きることだけで精一杯だったからだろう。

体格もよく頑丈な私に比べると、姉は体も顔つきも全てが貧相だった。両親は家の手伝いのできない姉に対して冷酷な扱いをすることがしばしばあった。

姉は同級生たちと同じように中学卒業後の就職先を探し始めた。若者たちは金の卵と重宝され、引く手数多だったこの時代にあっても病弱な姉を雇ってくれる職場はどこもなかった。

「畑も海も山もどこも連れていけん。そばやーの就職も向こうから断ってきたさあ。じゅんにやーや役にたたん。むぬやゆぬぐとぅかまさんならん。やなびーるうわらばひやあ」

父親は酒を飲みながら姉を怒鳴りつけた。

「おとう、やめれ」

母親は止めに入ってはくれたものの泣いている姉を慰めることもせず、弟と妹が寝ている布団に潜り込み、さっさと寝てしまった。私は姉を連れ出し、牛小屋のそばに身を寄せ、泣き止まない姉に寄り添った。酒臭い父親の息が自分の顔にかかった時は嫌悪感すら感じた。

父親と母親に言ってやりたかった。

「なぜ生んだ、こんな貧乏な家に」

勝手に生んでおいて丈夫な私は牛や馬のように働かされ、体の弱い姉は役立たずと言われる。大人の勝手な都合でこの世に産み落とされた私たちには幸せな未来など少しも見えてこなかった。私は茅葺の屋根を支えている今にも倒れそうな柱に向かって石を投げつけ、

「こんな家は壊れればいい」と叫んだ。姉は細い両腕で私の手を掴んで
「愛ちゃんやめれ。達男と美那子たちが起きるよお」と小声で囁いた。私は振り上げた右手を下ろし、こぶし大の石を足元に転がした。こんな時でも弟や妹の事を思う姉が歯がゆくて仕方なかった。

「悔しくないのか。父ちゃんも母ちゃんもひじゅるうだよ。自分たちのせいで貧乏してるのに。自分は泡盛も買って飲んでおかしいよ」

姉は俯いていた。

「久子ねえねえ、そう思わんか…」と言いかけたが、私はそれ以上言及することをやめた。姉の目からこぼれ落ちた大粒の涙を見てしまったからだ。私たちはしばらく星を眺めたあと、家の中に戻って寝ることにした。こっそりと引き戸を開ける姉の背中は今にも消えそうなほどに

小さかった。私は姉が床に上るときに転げ落ちないように後ろから支えてあげた。この時に姉と二人で泣きながら見ていたにーぬふぁぶしは私の脳裏に強く焼き付いていてふとした時に鮮明に蘇るのである。

夏休みに入り、私の嫌いなさとうきびの草取りの時期がやってきた。猛暑の中、ふらふらになりながら作業をする。近くの用水路の水だけは飲み放題だがそんな程度では間に合わないほど体は乾く。妹たちは必ずといっていいほど途中で泣き出してしまうので、結局私と両親だけで炎天下のなか、草取りをするのがいつもの流れだった。家に帰って庭の蛇口を捻って頭から水を浴び、母親が切ってくれたスイカを丸かぶりしていると、横にいた姉がうらやましそうに私をじっと眺めている。畑の手伝いをできない自分はスイカをもらえないのではと姉は躊躇していたようだった。

「久子も食べなさい」

母親が姉にスイカを手渡した。姉は嬉しそうにスイカを受け取りちらりと父親の様子を伺った。

「たくさん食べれ、井戸にまだみっつ冷やしてある。今年のは甘くて上等さあ」

その瞬間に姉の口元は緩み、笑顔になった。

「父ちゃんが作ったのは美味しいねえ」

姉は子供のようにはしゃぎながらスイカにかじりついた。姉は私たち姉弟の中で誰よりも父親の事が好きだった。どんなに冷たくあしらわれても、父親に一言話しかけられただけでとても嬉しそうな顔をする。普段は暗い表情をしているのでその落差で父への思慕がうかがい知れるのである。

久子も食べなさい、と母親が言いだすまでの数秒間は本当のところ、私も心穏やかではなかった。

「お前は役立たずだから食べるな」

父ちゃんがそう言ったらどうしよう。久子ねえねえはその仕打ちにまた泣いてしまうのだろうと。

私は妹たちに弟の達男の面倒を見てるように言いつけ、姉と二人で縁側に足を下ろしスイカにかじりついた。私は三切れ食べたが、食の細い姉は一切れしか食べれなかった。

ある日、学校から帰ってきた私の前に父親が一頭の子ヤギを連れて来て

「愛子が世話しなさい。正月にはつぶしてみんなで食べるからたくさん草あげて太らせよ」と言った。

子ヤギは目を丸くして私を見つめ、メエメエと鳴き始めた。これでまた勉強する時間も無くなるし、学校が終わっても友達と遊ぶ時間はますます無くなる。ため息が止まらない私を取り

囲み、妹たちが
「ねえねえ、いいはずう、ひいじゃあ可愛いさあ。名前つけよう」無邪気に笑っている。

それだけはやってはいけない。この子ヤギは今年の年末に父親と親戚のおじさんたちの手で捌かれ、正月にはひいじゃあ汁とみみがあとなって自分たちの口に入る。妹たちはその辛さをまだ知らない。学校帰りに草をたくさん摘んで来て食べさせるとヤギたちは口をもぐもぐさせて美味しそうに食べてくれる。その姿を見ていると畑仕事で疲れ切った肉体が癒されていき、次第に愛おしく思うようになっていく。しかし、私と姉で協力して育てた二頭のヤギは正月用の食料として無残にも私たちの目の前で絶命した。三年前の話だ。

あれ以来、私は家畜をかわいがると言う愚かな行為をきっぱりとやめた。あんなに大切に可愛がって育てたヤギであったが、空腹には勝てなかった。正月を逃すと食べる機会のないヤギ汁と刺身を私はせつない気持ちで喰らった。辛くて食べられないと言って箸をつけなかった姉の分も貪り食った。

妹たちがその子ヤギに名前を付けることを私は許さなかった。年末まで世話をして私はただこの小さなヤギを太らせるためにせっせと餌を運ぶのみだ。

私には牛の散歩という大役もある。体の弱い姉とまだ幼い妹たちにはできない仕事だから私がやらざるを得なかった。家から三キロほど離れた辺戸岬に向かって牛の手綱を引きながら歩いていると、同じように牛を連れて歩く同級生の房子に会った。二人で大声で話しながら道いっぱいに広がって歩いても誰に怒られるということもない。ここを通るのは畑帰りの村人か、一日に三本しか運航しない路線バスだけだからだ。終戦から十三年が経過したというのにこの県道はまだ舗装もされていない。私たちはいつも土埃りの中、この道を通って牛の散歩をしたり畑に通ったりしている。風の強い日は目を開けることもできなかった。

辺戸岬が目の前に見えてきた。人っ子一人いない天然の芝生が生い茂る大草原のような風景は毎日のように見ていても心が落ち着く。何億年も前から長い歳月をかけ、石灰岩が隆起してできた槍のような石林が私と房子と牛二頭を囲む。牛の手綱を持ったまま私たちは芝生の上に腰を下ろした。

「父ちゃんがひいじゃあ飼ったからまた私だけ忙しくなるさあ。めーにち働ち、くたんりんどーや」

「あんせー正月やひいじゃあ食べれるからよかったさ。そういえばうちの母ちゃん、明日はソーキ汁作るってよ。名護からおじさんたちが泊まりに来るから。お盆までいるんだよう。家せまいのによ」

房子は口を尖らせ不満そうに言う。おじさんたちがくるってことは彼女の従弟にあたる友和も来るということだ。私は自分の胸が高鳴って鼓動が早くなってきていることを房子に悟られないように胸を押えた。

「へえ、従弟たちもくるのか。友和も？」

「友和だけくるよ。家の周りの草刈りやらすって父ちゃんが言ってる」

自分の子供と同じようにだれかれ構わずこき使う房子の父親が正直苦手だった。ばったり出くわすと豚小屋に連れていかれ、中から豚を引きずり出せと言われる。さんざんこき使っておいてお礼も言わない。房子には悪いが非常識な大人だ。偏屈者のうちの父親でも礼ぐらいは言うし、土産に野菜ぐらいは持たせている。でも今日ばかりは房子の父親に感謝しなくてはいけない。おそらくこんな田舎には行きたくないとごねていたはずの友和を自分の家の草刈りをやらせるために強引に呼び寄せたのがこのおじさんだからだ。シーミー、お盆、アブシバレー、行事の度に友和は親に連れられ、名護からやってくる。都会の香りを身に纏い、日焼けもしていない。同級生の男子たちと比べると明らかに垢ぬけている。年に数回、彼に会えることが私の唯一の楽しみだった。あと二日でその日がやってくる。

ひとしきり話した後、また牛を連れて帰路についた。房子とは遠い親戚でもあり、親友でもある。長女に対してひどく暴言を吐く自分の父親の悪口を言えるのも房子だけである。しかし、友和へ密かに思いを寄せていることはまだ話していなかった。

「あんせーあっちゃあまたや」

別れたあと家の方向に牛を促し歩き出した。右手に聳える大きな岩山が神々しく光を放つ。私は時々この山に向かって問うことがある。

十四才の私に何ができますか?

子供だし無力だし自由がない。私の未来がどこかにあるのなら今すぐ教えて欲しい。

中学を卒業したらすぐにここを出る。私はそう決めていた。妹たちにきれいな服をたくさん着せてあげたい。病弱な姉を病院に連れて健康な体にしてやりたい。

豊かな未来がそこにあるのだと私は信じている。

その夜、寝つきの悪かった私は真夜中にこっそり外へ出て家の庭にあるゆし木の上に上った。熱帯夜で眠れない時や嫌なことがあると、私は家を抜け出しこの木の上に上り、夜空を眺めた。今日はにーぬふぁぶしが出ていない。左右に幅広く太い枝を広げているゆし木は私たちが生まれた頃からこの場所にあった。コーラの蓋くらいの大きさの実が成っていてその実が割れると蚊が寄ってくるのだそうだ。私はその実をたくさん集め、妹たちに母親の前で踏み潰すように言いつけ、母親を激怒させたことがあった。いつも私と姉をぞんざいに扱うことに対してのささやかな抵抗だった。母は相当腹を立ててはいたようだが父親に言いつけるようなことはしなかった。母親は畑から帰って来ても、少しも休まずにすぐ夕飯の支度にとりかかる。家の裏の畑から夕飯のおかずにする野菜をとってきたり、米が炊けるまでの間に妹と弟をお風呂に入れたりといつも忙しく動き回っている。私の手伝いなどその比ではないくらいに多忙だ。私は少し丸みを帯びてきたその背中を見るにつけ、反抗的な態度をとってしまったことを悔やんだりもする。本当に倒したい敵は父親の方だった。

ゆし木の太い枝にはもうだいぶ昔に父親が作ってくれたブランコがついていた。子供が使うにしては少し不安定な高さだったがブランコに乗る時だけは父親が抱き上げて座らせてくれた。飽きてきたところで「父ちゃん、下りたい」というと家の縁側で煙草を吸っていた父親が立ち上がってきて下ろしてくれた。その時の父のたくましい腕が私はとても好きだった。毛深い腕に染みついたたばこの匂いが私にはとても心地よかった。怖がりだった姉はとうとう一度もブランコに乗ることはなかった。

こうして木の上から父親の手作りのブランコを眺めていると、あの頃のことが鮮明に浮かんでくる。まだ妹も弟も生まれていなかった。姉はよく父や母の背中にしがみ付き、肩たたきをしては褒められていた。妹や弟が生まれ、私は働き手として扱われ、思いのほか動けず両親の期待に沿えなかった姉は次第に煙たがられていった。皮肉なことに人並み以上に健康な体に恵まれた私は容赦なく働かされた。

自由を欲しがる私と愛情を欲しがる姉はすべてが真逆だった。

どちらが幸せだったのだろう。

どちらも苦しかった。

いつから親を怨むようになったのだろう。

私が大人になりかけた時だったのだろうか。

むき出しの腕に蚊がまとわりついた。何か所も刺され、たまらなくなった私は仕方なく家の中に戻り、妹と姉の間に潜り込み眠りについた。

月曜日の朝、ヤギに餌をたっぷりあげたあと学校に向かった。姉は今年の春に中学を卒業したのでもうこの道を通ることはないが、あの貧弱な肉体で九年間もこの山道を通い続けた。自分が同じ年の子たちより歩くのが遅いのだと自覚している姉は私より十五分ほど早く家を出ていく。学校までは片道三十分ほどかかり、目の前に聳える黄金森を越えた向こう側に私たちが通う学校がある。時々休憩をとりながらまた歩き出し、そうやって姉はこの道を通ったのである。時々貧血を起こして同級生たちにおんぶされながら帰宅することもあったが、それでも自分から休みたいと言ったことは一度もなかった。姉は学校が大好きだったようだ。私もまた学校が好きだった。小さな茅葺の家に住み、ぼろぼろの服を着て、休みの日は畑に出て土まみれになり、きれいな服を着て着飾ることもない。両親に恨み言を言ったこともあった。でも学校へ来れば友達がいる。みな同じように家のために働き、妹や弟の世話をし、十分な量のご飯も食べていない。みんな同じであることを確かめ安堵する。貧乏は慣れていたし、弟も妹も可愛いと思える存在だった。両親のことも憎く思うことはあるが、それでも心底嫌いなわけではない。教室の机に腰かけた時に私は喧騒から逃れ、ゆっくりと思いを巡らすことができる。今にも倒れそうなあの汚い家は父親が山から木を運び、家づくりが始まったそうだ。畑仕事の合間に村中の人たちが応援に来てくれてあの家が出来たのだと亡くなったおばあから聞いた。それを思うにつけ、私はそこにいてはいけないと感じる。父親を恨み、反抗的な言葉を吐いても報われることはない。ただこうして家を離れて学校にくれば両親のことも少し俯瞰して見ることができる。

私はそこにいてはいけない。

ただ漠然とそう思うのだ。

ずいぶんと大人びた子供だと担任の先生に笑われたが、私はそれをうまく説明することができなかった。

六時間目が終わって下校し、私を出迎えるヤギの鳴き声を聞くとまた現実に引き戻された。

ある日の日曜日、畑仕事に私と妹たちが駆り出され、やはり姉は弟の達男と二人きりで家に残された。いつものように釜と鍬をそれぞれ肩に持ち、歩き出すと後ろの方から姉が追いかけてきて

「父ちゃんー。私も行きたいー。連れて行ってー」と叫んだ。

両親は驚いて一度は振り向いたが相手にもしなかった。

「お家で達男と待ってなさい。帰ったらウムニー作ってあげるから」

気の毒に思ったのか母は優しく諭すように姉に言った。

「やーは役にたたんから家にいておけ。行っても邪魔にしかならんっ」父親は相変わらず辛辣な言葉を残し、子供たちの背中を押して急がせた。

「父ちゃんー、私も頑張るから、置いていかんでー」

痩せた体から絞るようにして吐き出された声は泣きつかれた赤ん坊のように霞んでいた。

背中の弟を揺らしながら嗚咽を嚙み殺すように口元をきゅっと締め、みんなの顔を見渡している。父親は何事もなかったかのように歩き出した。

私は
「ねえねえ、今日は暑いから行かん方がいいよう」と言い残し、姉に背を向けた。他に何も言ってあげられる言葉はない。姉を苦しめるものは容赦なく突き刺さる太陽の光りではなく、家族に取り残される孤独感なのだ。先を急ぐ両親の後姿がまるで他人のように見えて私もまた姉と同じように孤独を感じていた。私はこの時に知ってしまった。空腹より、肉体の疲労より、友達と満足に遊べない不自由よりも、もっと耐え難いものを姉はいつも背負って生きている。夏の太陽は薄情な両親にも、体の弱い姉にもまだ小さい妹たちにも、等しく容赦ない光線を浴びせていた。

だいぶ歩いてから一度だけ振り返ってみると姉はもう追いかけて来なかったがまだその場所に立ったまま私たちの後姿を見ていた。

背中の弟も姉と一緒に泣き出した。私は苦しくて胸が張り裂けそうになり、早くそこから逃げたくなって急いで走った。二人の妹も私の後を追いかけてきた。同じように苦しかったのかもしれない。私は妹たちの手を引き、父親のそばから引き離し、畑の方向へ駆け出した。

天気のいい午後の事だった。いつものように牛の散歩を済ませ、家路を急いでいた私の背後で車輪の音がした。スバル３６０という赤い車だ。たから貝のような丸い形をしているので私たちはそれをモーモー車と呼んでいた。この集落を出て街で働き、お金を稼いだ人たちだけが買えるモーモー車はいわゆる成功者の証だった。その車が置いてゆく土埃りを浴びるのがここに取り残された私たちだ。憎らしい後姿だった。モーモー車は勢いよく土埃りを上げながら私の前を通り過ぎたあとすぐに停止し、助手席から若い男の人がおりてきた。

「愛子ー何やってるか」

視界の埃が段々と消え、うっすらと見えてきた人影は私が思いを寄せる人、友和だった。運転席には友和の父親が乗っていた。友和はこっちを見ながら笑っている。恥ずかしさのあまり体が震えた。身を隠せそうな木陰は随分と急な崖の下にしか見当たらない。背の低いさとうきび畑に隠れようとしたが牛が足を突っ張って動いてくれなかった。私はと言えば、薄汚れた麻の生地でできた上着と真夏というのに母の芭蕉布を切り刻んで作った厚手のズボンだった。よりによって友和にこんな姿を見られてしまうなんて。さっきまでの私は都会からやってきた高級車に牛の糞を投げつけてやろうと考えるほどに腹を立てていたのにその車に乗っていたのが友和だったなんてまさかの事態だった。みすぼらしい格好をした上に牛まで連れている。牛の散歩をしている時に会いたいはずもなく、すぐにでもどこかに消えてしまいたいと思った。

「愛子、牛の散歩か、えらいなあ。今から房子の家にいくところさあ。じゃあ気いつけていけよ。アメリカーのジープとか通ったら、すぐ隠れなさいよ」運転席にいた友和のお父さんはそう言ったあとゆっくりと車を走らせた。私は手綱を持つ手を緩め、二人を見送ったあと大きなため息をついた。

こんな姿だけは見られたくなかった。こんなみっともない姿。

みすぼらしい格好をした女子中学生なんてアメリカーも相手にしないよ、おじさん。

手綱を引きながら私は牛の横っ腹を何回もひっぱたいた。

友和に失態を晒したその夜、やっぱり眠れなくて家の外に出てブランコが吊られているゆしの木の上に上り、星を眺めていた。自家発電を買うお金もない我が家は夜になると家の中も外も真っ暗だった。房子の家は最近電気を引いたらしく、夜遅くまで勉強ができるようになったと喜んでいた。私は勉強をしたくてもろうそくの明かりも母親に消されてしまうというのに。山鳩やフクロウはこれでもかと言うくらいに鳴き続ける。子ヤギとは違ってうるさいばかりで少しも癒されない。

雲が切れて月が半分顔を出し、木の下で揺れるブランコを照らしている。その横で私を心配そうに見ている姉の姿を見つけた。

「愛ちゃん、風邪ひくよう」

細い体には薄手の肌着以外に何もまとっていない。

「ねえねえ、こなくていいよ。早く寝てー」と言ったが、姉はそこから一歩も動かずにこちらを見ていた。私は仕方なく飛び降り、姉を連れて家の中に戻った。森林に囲まれた我が家の庭の外気は真夏にも関わらずひんやりとして肌寒かった。このまま長居していると風邪をひいてしまうのは私ではなく間違いなく姉の方だ。

友和の反応を見ながら一喜一憂するのは今日で終わりにしようと決めて、今朝通学路の山道を歩きながら房子にすべてを話した。午後の休み時間にギラギラと照り付ける太陽の下で汗と涙を拭き取り、

「房子ー」と叫んだ。

房子はすぐに飛んできてくれて私にコーヒーガムをくれた。

「これ、おじさんがお土産に持ってきたよう。アメリカーはいつもこれ食べているみたいよ。大人の味がするさー」と言って私の肩を叩いた。今日の牛の散歩は気分を変えて辺戸岬ではなく宇佐浜に行こうと房子は言った。

夏休みも半ばに入ったある日、房子と一緒に夕飯のおかずにするタナガーを取りに行く準備をして家を出た。餌にする芋を一本手籠に入れ、海に向かった。房子の他に同級生の浩紀と利夫も来ていて、みんなそれぞれに父親が竹で作った手籠を腰にぶら下げていた。私たちの暮らす集落から海までは山道を下っていくのだが、どんなに急いでも到着まで二十分はかかる。背丈の高い木々が生い茂った獣道を一人で歩くのは慣れた道とはいえ、心細いものだった。そこで私と房子は海に行くときだけはふだんは粗末に扱っている男たちを誘うのだ。鳥やセミの鳴き声に女二人だけでは負けてしまうのだ。こうして四人でいると自然と大声になり、しまいに話すこともなくなると誰かしらが歌いだす。房子は母親がいつも歌っている愛染かつらの歌を歌い始めた。登下校の時に房子が時々歌っているのを聞いているうちに私も出だしのところくらいは歌えるようになった。房子の母親は毎日ラジオを聞きながら歌うのだという。ラジオを買う余裕も歌を覚える時間もない自分の母親を不憫に思った。娘たちだけではなく母親たちの間でもこんなに格差がある。

タナガー獲りは私たちにとっては冷たい川の水を浴びたり、飽きたら海に入って泳いだりとほとんどが遊びのようなものだったので少しも苦痛ではなかった。こうして同級生たちと一緒にいられることも本当に楽しかった。

タナガーが獲れる場所は山から湧き出る豊富な湧水が集まってできた川だった。入り江の所は海水と川の水が混じる淡水になっていてそこにはたくさんの石がごろごろと転がっている。大きめの石の間やその後ろにタナガーは隠れている。生芋を細かく刻み、その手前に放り込む。二分ほど待つとタナガーの髭が見えてくる。体が半分ほど出てきてしばらくすると生芋のある場所に全身をさらけ出してくる。私は網を使わず、両手でタナガーを捕まえた。これは父ちゃんの分。最低でもあと六匹捕まえないと私の仕事は終わらない。一緒に来た同級生たちは網を使ってタナガーを追い込んで捕まえようと必死だったが、タナガー獲りに関しては網など使わなくても私は彼らに負けたことがない。小さい頃父親に海に連れて来られ、父親が釣りをしている間、私はこの入り江でタナガーや沢蟹を捕まえていたからだ。いつもタナガーと私は取引をするのだ。芋をたくさん食べれ。その間は待ってやる。あんたもお腹が空いているだろうがうちにもお腹を空かせている妹たちがいるし、手ぶらで帰るなんて父親が許さない。

タナガーは生芋を少しつまんではすぐ逃げようと体を小刻みに動かすが、見て見ぬふりをして放置するとまた食べ始める。もう一度動き出す前に私は両手を水面に突っ込み、挟み撃ちにして捕まえた。これを何度か繰り返し、わりと大きめのタナガーたちが十五匹も獲れた。タナガーはピチピチと跳ねていた。これで父親も文句はないだろう。

利夫は釣りが得意で私たちがタナガーを獲っている間にミーバイをたくさん釣ってきて串に刺して焼いてくれた。浩紀が海に潜って獲ってきたサザエも合わせ、食べ盛りの私たちはここに来ると腹を十分に満たすことができた。みんな自分が獲ったタナガーも串に刺して焼いて食べていたが、私は家に帰って姉や妹たちの喜ぶ顔が見たいのと、父親に自慢したいという気持ちの方が勝って、自分の手柄を差し出すことはしなかった。ここではサザエとミーバイだけを口にした。

夕日が射して来て与論島が水平線上にくっきりと浮き上がっていた。それを眺めながら四人は静かに魚を頬張った。房子も私も利夫も浩紀もおそらく同じことを考えていたように思う。

来年、もうここにはいないかもしれない。

自分の未来はどこにあるのだろう。

日が落ちてしまうと山の獣道は昼間と違って真っ暗闇になってしまうので急いで帰らなくてはいけない。私たちはそれぞれの手籠を持ち、家に帰った。帰り道で歌を歌うものはいなかった。

ある日の出来事だった。家で留守番をしているはずの姉は弟を背中に背負い、先回りして畑に行き、私たちの事を待ち伏せしていた。畑仕事を始めようとした時にいきなり現れ、みんなを驚かせた。

「何か手伝うから帰さんで。お願いとうちゃん」と姉は手を合わせた。

「何しにきた。やーができる仕事やねーらん。帰りなさい」

しかし、この時の姉は怯むこともなく、父親にしつこく食い下がった。頭からたくさんの汗が流れている。いつもだったら貧血を起こして座り込んでいてもおかしくはない。

妹たちも心配そうに見守っている。

「久子ねえねえ、水飲んだ方がいいよう」

一番下の妹の里子が水筒を差し出してきた。

姉はそれを一口飲んだあと、また父親に詰め寄った。明らかに怒っている父親の顔を見て私は恐ろしくなった。姉はこのあと大声で怒鳴られ、また泣くのだろうと思うとそこから先は目をそらしたくなってしまった。しかし、姉は泣いてなどいなかった。

「達男も暑いから、木の下で休ませてあげないと。お願い、父ちゃん」

まるで懇願しながら命令しているような姉の姿を見ながら、私は思わず「頑張れ、ねえねえ」と祈った。

父親は呆れた顔をしながら姉の頭を小突いた。

「動くなよ。達男はそこに寝かしておけ。ハブが来ないように周りもよく見ておけよ」父の方が根負けした。

「わかったよ、父ちゃん」

姉は半泣きの顔になり、みんなの顔を見渡した。

妹二人はさとうきび畑の中にはしゃぎながら飛び込んでいった。

「美那子も里子もハブに気を付けてねえ」

姉は二人の妹に手を振った後、おんぶひもを解いて背中の弟を草の上に下ろした。

母親は姉の頭に麦わら帽子をかぶせ

「日陰にいておけよ」と言って笑った。

「母ちゃん、ありがとう」

姉がこんなに笑ったのは本当に久しぶりの事だった。蚊の鳴くような細い声の気弱な姉のどこにこんな気力があったのだろうと私は正直驚いた。虐げられて泣いている姿ばかりを見てきた私には衝撃的な出来事だった。畑に家族が全員揃うのも初めてのことだった。

作業が始まって一時間も経つと達男の寝床に選んだ日陰の位置はすっかりずれてしまって達男の体半分は日光に晒されていた。

「ねえねえ大変。達男がてぃだに当たって赤くなっている」

私と姉は大急ぎで達男の体を引き、日陰に移した。幸い両親は気がついていない。二人で顔を見合わせ、思わず吹き出した。姉は達男の首元の汗を拭きとってあげたあとに畑のあぜ道に向かって歩き出した。

「久子ーアブシに行くなー。石がいっぱいあるから転ぶよー」

父親が呼びかけたが構わずに片手に鎌を持ち、そこに生えていたススキを根元から切り落とし、それをわき腹にたくさん抱えて弟の寝ている木陰に戻ってきた。夏のススキと言えば茎も葉もやたらに硬くて触ると手に擦り傷がたくさんできるので私は嫌いだった。姉は楽しそうにススキの葉と茎を一本づつ切り離しているように見えた。何をやっているのだろうと気になったが、早めに草刈りを済ませないといつまでもお昼ご飯にありつけない。半分終わらせないと休憩はしてはいけないと言うのが我が家の決まり事だった。のんきにススキの茎を切り刻んで遊んでいる姉のことが羨ましかった。

「とうーあっしー食べるよう」

父親の掛け声で私と妹たちは釜を置き、弁当の番をしていた姉の元へと集まってきた。いつもとは違う風景が新鮮で嬉しかった。ねえねえも達男もいる。妹たちも嬉しそうにはしゃいでいた。

「遠足みたいさあ」

姉は新聞紙に包まれたおにぎりをみんなに配った。白米の上には新聞の文字がくっきりと移っていたが誰もそんなことは気にしていなかった。

「はい、これも使って」と言って姉はススキでつくったお箸を差し出してきた。鎌を使って作っていたのはどうやらお箸だったようだ。

「えー、久子ー。おにぎりだからメーシはいらんさあ」

母親が笑っていた。姉は少し気まずそうにしていた。父親が箸を姉の手から奪い
「父ちゃんには短い、今度はもっと長いのを作れ。ふらあひゃあ」

私は相変わらず無神経な父親の言葉にうんざりしていた。しかし姉は嬉しそうに笑う。

「次はもっと長いの作るよ、父ちゃん」

この時の私は、姉は父親に嫌われぬように無理をして明るく振舞っていたのだとばかり思っていた。

その日、姉の久子は畑から帰っても貧血を起こしたり熱を出して寝込むこともなかった。布団にもぐったあとも鼻歌を歌いながら楽しそうにしていた。

私がろうそくの明かりを消して寝ようとした時に母親が
「ススキのメーシはあれが小さいとき、父ちゃんがよく教えていたよ」と言った。

心無い父親の暴言を浴びながらいつも悲しそうな顔をする姉は本当に不憫だと私は思っていた。久子ねえねえを支えているのは幼少期の父との楽しかった思い出だけなのかもしれない。

私はますます父親の事が嫌いになった。
父親は畑仕事の無い日は海に出かけ、ブダイを釣ってきて食卓には刺身が並ぶこともよくあった。軍から配給される米は七人家族にはとても満足にいきわたる量ではなく、それを補ってくれるのが父親が釣ってくる魚だった。ついでにタコも獲ってくることがよくあった。その時代の我が家には当然、三種の神器なる電化製品のひとつ、冷蔵庫もなかったので獲ったタコはその日のうちに母親が大鍋で丸ごと茹で、足の部分を子供たちに一本づつ渡し、残りは父の晩酌のつまみになる。それはバナナと同じくらいの頻度で私たちに与えられる貴重な栄養源のひとつだった。父親の獲ってくるタコの足は妹たちの小さな口に入れるにはかなり太かったが、いつもお腹を空かせている私たちはあっという間に完食した。やはり姉の久子だけが半分くらい食べたところで
「愛ちゃん食べて」とよこしてくる。
母親は
「達男はたんかー迎えたら食べようね。楽しみさあ」
まだ赤ん坊の弟の口元にタコの足をちらつかせながら笑っている。達男の一才のたんかーまではまだ半年もある。早く歩けるようになって早く自分で食べれるようになってもらいたい。
達男の成長を誰よりも心待ちにしているのは私と姉の久子だと言うことを母はわかっている

のだろうか。
旧盆に入ると親戚がお中元を片手にかわるがわるうちを尋ねて来た。お中元の他に時々手土産を持ってきてくれる人もいて、ひとりに一本づつコーラが手渡された時は姉も私も嬉しさのあまり飛び上がったものだった。まだ赤ん坊の弟の分は私が預かった。後で姉と二人で分けて飲むために妹たちの目に触れないところに隠すことにした。二人で分けるときはコーラの空き瓶に半分こしてそれを水で薄めて増やすのだ。私はヤギ小屋の隅っこにコーラを隠し、姉に
「明日飲もうね」と約束した。
翌日、夕方五時を知らせる鐘が響き渡り、エイサーの太鼓の音が聞こえてきた。房子がやってきて
「愛子ー、エイサー行くよー」と手招きする。
「久子ねえねえも一緒に行こう」
房子が誘ったが、去年のエイサーの時に貧血を起こして倒れてしまったことで、母親から人がたくさんいる場所には行かないように言われている姉は
「私はいいさあ、愛ちゃんと二人で行ってね」と苦笑いした。この時に姉を無理にでも連れていけばよかったと私はあとになって死ぬほど悔やむことになる。
エイサー太鼓のポンポンという音は私の心臓のど真ん中に命中して気分がスカッとした。七

時になり、いよいよエイサーの踊りが始まる。私と房子は人だかりを抜けて前の方に場所をとって地べたに座った。青年会の若者たちが横一列に並んで飛び跳ねながら踊っている。その中に友和もいた。友和は私よりも三つ年上だがとても垢ぬけていて身だしなみもきちんとしているのでまるで新任教師のように見えてしまう。一緒に踊っている男たちはこの前父親が収穫してきた田芋にしか見えない。みんなごつごつしてでこぼこばかり。友和だけがきれいな角砂糖に見えた。私たちには手の届かない高級品。白くて甘い角砂糖。うっとりしていると房子にわき腹を突かれた。

「愛子ー友和に言ってあげるさあ。文通したらいいさあ」

私は体中が火照り、恥ずかしさでいっぱいだった。房子の手を引き、公民館の裏の方に逃げ込んだ。

「何で逃げるー」

房子は大笑いしている。

「あんた、友和の前で今みたいに言ったら許さんからね」

体の火照りが引いていくと恥ずかしさが怒りに代わり、私は房子に詰め寄った。

「わかった。絶対言わんからエイサー見に戻ろう」

エイサーはあっという間に終わり、公民館広場の前を除いてはすっかりと暗くなっていた。

夜店の周りを歩いていると少し離れたところから私の名を呼ぶ声がした。

「愛ちゃーん」

姉の久子が道のわきに立っていた。大きく手を振りながら私の名を呼んでいる。少し息を切らしていて肩で呼吸しながら何かを片手に持っているようだった。

「ねえねえ何でここにいる。走ってきたのか。何持ってる?」

姉はゆっくりと近づいてきて私にコーラを手渡した。

「これ、飲めばいいさあ」

後で二人で飲もうと隠しておいたコーラはここまでたどり着く間に相当揺られたと見えてかなり泡立っていた。

エイサーの日はたくさんの出店が並ぶが、私はお金を持っていないので飴玉ひとつ買えないことを姉はよく知っている。房子は父親から毎年十セントをもらい、飲み物と綿あめを買って食べる。私はいつもそのおこぼれをもらい、空腹を満たすのだ。

「ねえねえありがとう」

息切れがまだ止まっていない様子の姉のそばに寄りコーラを受け取った。

「母ちゃんに言わんで来たからもう帰るよ」

立ち去る小さな背中を見送り手を振った。月明かりが姉の足元を照らしてくれていることが本当にありがたいと感じた。

ねえねえ、転ばんでね…。

公民館前の明かりが消され、私と房子は「またね」と言って別れた。街灯もない暗い道が今日は人の話し声で賑わっていた。ぞろぞろと家路を急ぐ家族連れを見ながら、私は両親と姉と一緒にエイサーを見たあの日の事を思い返していた。姉は父親に肩車をしてもらい、声を出して笑っていた。母は私の手を引きながら
「どっちがねえねえかわからんねえ」と言って笑っていた。姉は五才、私は四才の夏だった。あの時と同じ夜空なのに十四才になってみるとこんなにも違う。美しくて切なくて寂しいと感じた。

家について妹たちが起きてしまわないように静かに引き戸に手をかけた。

「ただいま」

引き戸をそっと開けるとそこに待っていたのは血相を変えた父親の姿だった。

「久子はっ。一緒じゃないのか。何で帰ってこないっ」

父親の怒号が家中に響き渡り、妹たちは怯えている。母親の姿が見当たらない。妹は
「母ちゃんは久子ねえねえを探しに外にでていった」と言った。

「ねえねえ、帰ってきてないのか」

全身から血の気が引く思いがした。私にコーラを渡しにきた帰り道、もしかしたらどこかで倒れてしまったのだろうか。

私は姉がこっそりコーラを持ってエイサーの広場にやってきたことを父親に話した。

私たちは赤ん坊の弟を家に一人残したまま、家族総出で姉の行方を捜した。家からエイサー会場の公民館前広場まではそう遠くはないが、急な坂道を五分ほど歩かなくてはいけない。その道は柵が取りつけられてない上に崖が続くのである。姉が貧血をおこし、そこに転落してしまったら最悪の事も覚悟しなくてはいけない。近所の人たちも手伝ってくれた。崖の下までおり、何度も姉の名を呼ぶが返事がない。不安が募り、あの時姉を一人で帰らせてしまったことを悔やんだ。ここにはアカマターやマムシもたくさんいる。早く見つけてあげなくては。焦りと不安で私は押しつぶされそうになった。母親も血眼になって草をかき分けて姉の名を呼んでいた。妹たちは泣くばかりで足がすくんでしまって動けない様子だった。

その時

「久子ー起きれー」

父親が叫ぶ声が聞こえた。母と私はその声のする方へ急いだ。曲がりくねった道の脇の崖の下から父親が姉を抱きかかえて上がってきた。私は駆け寄り、胸の鼓動を確かめた。姉はぐったりとしていたが、ちゃんと呼吸をしていた。いつもの発作の様だった。どこにもケガもしていない。母親は私よりも大きな声で泣き出した。妹たちも姉と父親を囲み、すすり泣いていた。
「早く帰って布団で休まさんと」
母親が父親の腕を掴み、歩き出した。
姉は父親に抱き抱えられ、力の抜けた手足をだらんと下ろしたまま腕の中で静かに眠ってい た。私たちは父親の後をついて歩いた。家について布団に寝かされたあと、姉は一度目を覚ま した。父親は
「寝ておけよ。明日は達男のかぁーむやーは美那子と里子にやらすから」と言って姉の頭を小 さく小突いた。
姉はもう一度目を開けて
「父ちゃんありがとう」と言ってそのまま朝まで目を覚ますことはなかった。
学校に行く支度をしていると父親が慌てて家を飛び出すのが見えた。それが妙に気になって 落ち着かなかったので房子を誘いがてら後をつけて覗いてみることにした。房子の家の門の前 に着くと同時に
「やーやたっくるすんどー」
父親の怒鳴る声が聞こえてきた。続いて人を殴った様な鈍い音がした。その音が五発くらい 連続で響いた後、家の中から房子が飛び出して来た。

「愛子ーでーじよ。あんたのお父さんが暴れてうちのおじさん殴っている」

私は父親のそばに駆け寄った。

「父ちゃん、何やってるー。やめれー」

突然の出来事に私は面食らってしまったが、この状況は尋常ではないことだけはわかる。とにかく父親の暴力を止めなくてはと思い、鉛のように固い父親の体にしがみ付いた。

友和のお父さんはその隙に父親の手をほどいた。

「知らんかったばあよ。あの子が病気だって。ちょっと荷物運ばせただけさあ」

「荷物っー。いなぐんくわぁに丸太棒持たすのか。自分の息子にやらせ。なんでうちの娘にやらしたかっ。やーは殺すんどっ」

父親の気迫はすざましいものだった。私は父親の手を羽交い締めにしながらも、友和の父親を殴る鈍い音に胸がすーっと晴れていくのを感じた。人使いのあらい房子の父親と同じだ。あんなに体の弱い姉に丸太棒を運ばせたと知って私は腸が煮えくり返る思いがした。父親が怒るのは当然の話だ。その横で怯えている友和の姿があった。さらにいうとこいつはその頃、のんきにエイサーを踊っていたではないか。

「丸太運びは普通、男がやるもんさあ。あんたがやればよかったんだよっ。それにあんたなんで助けんの。見ているだけかっ。自分の親が殴られているのに」

友和を突き飛ばし、大声で罵倒した。

友和は甘い角砂糖なんかじゃない。

これみよがしに車輪から巻き散らかされる土埃りだ。私の嫌いな土埃りだ。まさにピカピカに磨かれたモーモー車は友和の後ろで光り輝いていた。私はそこをめがけ、足元の土を掴み、フロントに投げつけた。車体の前の部分は埃りまみれになりながらも夏の強い太陽のもとできらきらと光りを放っていた。埃りを被ってもなお輝きが衰えないそいつを見た時に、私は土ではなく石ころにすればよかったと後悔した。

百年の恋は憎しみに塗り替えられていった。

おそらくこの時の私の顔は父親と同じように鬼の形相になっていたことだろう。

「愛子、お父さん止めてちょうだいよう。おじさんが死んでしまうさあ」

その言葉を聞いて我に返り、私はもう一度、父親の両手を押えた。父の怒りはそう簡単には収まらず、友和の父親に頭突きを何発もかまし、自分の額から血が流れていることにも気が付いていなかった。

「父ちゃんもうやめれ、落ち着いて」

やっとの思いで二人を引き離したが、彼らは最後まで姉にしたことを詫びることはしなかった。殴られたおじさんの兄にあたる房子の父親は激怒している。

「弟は名護に住んでるから知らんかったから悪気はなかった。こんなに殴らんでもいいだろう」

父親は何も答えず、そこらへんにあるバケツや豚の餌を蹴散らしながら房子の家を後にした。房子は怒ったような顔で私を睨んでいたが、私は房子に謝る気にはなれなかった。房子は房子で自分の親戚を目の前で殴られたのだから腹を立てないわけはないとは思うが、家族を傷つけられた怒りは私だって同じだ。父ちゃんの腕の中でぐったりとしていたねえねえの姿をあんたにも見せてやりたかったよ。房子にそう言い放ってやりたい気持ちをぐっと呑み込んだ。

急いで父親の後を追いかけ、その背中を眺めていた。歩きながらぽろぽろと涙が溢れた。私の心の中を埋め尽くしていた汚ならしい垢が一枚、また一枚と剥がれていくのを感じた。

怒りを鎮めようと大きく息を吸い、肩を小さく左右に揺らしながら歩く父親の背中をじっと見ていた。その年代の男たちに比べるとやや大柄な父親は目つきも鋭く、怒った時の顔を見てヤマシシも恐れて逃げだしたという逸話の持ち主だった。身に纏っているシャツは私が着ているものよりもっとお粗末なものだった。父親はふいに足を止めてセミの抜け殻を何個か広い、道端に自生しているねぎを引き抜いた。セミの抜け殻は妹たちへの手土産で、ねぎは夕飯のおかずの足しにするためだろう。私も小さい頃には、畑帰りの父親が麦わら帽子にお土産を入れて持って帰ってきてくれるのを楽しみに待ったものだった。そこには小さいトマトやかーぎの実、時にはめじろの卵も入っていた。胸を躍らせ、姉と二人で汗臭い父親の麦わら帽子をのぞき込んで興奮していたあの日々は本当に楽しかった。前を歩く父親は時々ふり返り、

「早く歩け、遅刻すなよーや」と私に言った。

さらさらと風が吹いてきて道の両脇に立っている木々の葉が揺れ、父親のシャツの袖も揺れた。少し血が付いた掌をシャツの裾でふき取る父親が頼もしく見えた。

きっと姉がいつも見ていたものはこの広い背中だった。

ひどいことを言われても、置いてきぼりにされてもねえねえには見えていたんだね。父ちゃんの本当の姿。

私は一度家に戻ってからもう一度顔を洗い、学校へと向かうことにした。靴を履いてから家の中をもう一度覗いてみると姉はまだ布団で眠っていた。

お盆が終わり、名護や那覇から帰省していた親戚の人たちが帰っていったあとはこの集落もまた静けさを取り戻していった。

友和もお父さんも名護へ帰ったようだ。あれから房子の家とうちは少しばかり疎遠になったが私たちは徐々に元通りになり、また一緒に登校するようになった。

私は中学卒業を目前に控え、那覇の食堂に就職も決まった。房子は高校に進学する。姉の久子は相変わらず、家の事もままならない状態だったが、あの一件以来、両親は姉を気遣い、労

わるようになっていた。私がこの家を出ることはかなりの痛手になることは間違いないが、就職して収入を得ることが出来ればその仕送りで生活はかなり楽になるはずだ。妹たちも高校に行かせてやれる。

私が大事に育てたヤギは正月用ではなく、私の就職祝いとして三月に潰された。ここを出てしまえばしばらくは食べれないであろうヤギ肉は皮肉にもこの家の思い出の味となった。

私が家を出る日、姉はずいぶんと長い時間泣き止まなかった。

「やーはわらばーか」と父親に怒られ、やっと泣き止んだ姉は私に

「愛ちゃん。迎えにきてね。私も働いてみたい」とこっそり耳打ちした。

「ねえねえ、わかったよ。私がお金貯まるまで元気で待っていてよ」

私は約束を交わし、故郷を後にした。

それから一年はあっという間に過ぎた。民間から皇室に嫁ぎ、茶の間を賑わせた美智子妃殿下の姿を公民館のテレビで見たのだと姉からの手紙に書いてあった。細く弱々しい文字だったが、そこには父親との楽しいやり取りや、弟の成長の様子がぎっしりと書かれていて、姉は今、家族の一員として幸せなのだと言うことが紙面から伝わってきた。まだテレビや電話を買ってやれるほどの経済力が私には身についてはいなかった。家族との連絡はもっぱら手紙に頼るのみだった。

しかし、「迎えに来てね」と私の耳元でこっそりと囁いた姉の願いが叶うことはなかった。

私が仕送りしたお金でやっと大きな病院で姉に検査を受けさせることができたと母親から感謝の言葉が綴られた手紙が届き、そこには姉の病名は急性骨髄性白血病だと書いてあった。貧困の最中、家で療養していたのでは病名などわかるはずもなく、いつ頃発症したのかも不明だった。あの状況では治療など受けさせてやれるはずはなかった。私はもう両親を咎めるほど子供ではない。私が送金したお金を贅沢もせずに姉の治療代にあててくれたことに感謝している。

毎週のように名護の病院に見舞いに行く私を姉は嬉しそうに向かえてくれた。

「また来週くるからね」と言い残し、バスに乗り込む私を病院の窓から身を乗り出し見送ってくれた。会うごとに姉の体がさらに痩せていくのを見るのは辛かったが、それでも一人にされることを何よりも怖がる姉のために私はできるだけ足を運んだ。

よく晴れた日の朝、姉は天国に旅立った。

十七才の誕生日を迎える直前のことだった。

両親と一緒に姉の亡骸を連れて我が家に戻ると久しぶりに会う弟は一人で歩けるようになっていた。

こうして家族が揃うと姉が弟を背中に背負い、畑にこっそりと先回りしてみんなを驚かせたあの日の事が思い出された。今にして思えば姉はいつも家族を驚かせることばかりをしていたように思う。

畑でも、父親が房子のおじさんを殴った時も。

そして今も。

最後の夜は家族全員で姉を囲み、いつものように一緒に眠ることにした。

一番泣いたのは父親だった。

私が父親の涙を見たのは初めての事だった。

「あのブランコは久子に作ってあげたんだが怖がってとうとう一度も乗らんかったなあ」

父親はしみじみと言った。

私は父親の肩を揉みながら
「ねえねえは父ちゃんが好きだったから父ちゃんに守られて生きて来たから幸せだったさ」と励ました。

姉の亡骸に母親は添い寝した。

「甘えさせてやれんかったね」

頭を優しく撫でながら母親は涙を流した。

両親に愛されながら旅立った姉の顔は安心して笑っているように見えた。

「よかったね。ねえねえ」

姉が生きた十七年の月日は尊い。

無垢で汚れのない心のまま、姉はこの家から一人で旅立った。

何よりも大切に思っていた家族に見守られながら。

今日だけはろうそくを贅沢に使って遅くまで起きていようと母親が言ったが、みんな疲れ切ってしまっていて早々に寝入ってしまった。父親だけが朝まで眠らずにろうそくの番をしながら姉と話していた。

こうしてまた私たち家族はひとつになった。家族をひとつにするのはいつも姉だった。それは長女として生まれた姉の使命であったかのように私たちはいつも姉に引き寄せられ、家族であることを確かめ合った。

翌朝、私はすっかり草生してしまった我が家の庭をひとり眺めた。相変わらずボロボロの家の横で大きなゆし木の葉が風に揺れていた。ブランコもさみしそうに揺れている。

家族と一緒に姉を送ったあと、私はまた那覇のアパートに戻った。

一緒に暮らすはずだった姉の部屋には時々妹たちが泊まりにくることになるだろう。

みなみかぜ

そこに生まれた意味を知る。

あなたに出会った理由がある。

暖かな南風が恋しいのだと、僕の心が漏らした瞬間に頭上の曇天模様が動き出した。

僕はいずれそこへ帰るのだろう。


ゴーオン、ゴーオン。

怪音が部屋中に響き渡り、その怪音から逃れたさに逃げ惑う小太りの女がいる。

よく吟味して買ったはずの目覚まし時計は、罪も無いのに何回も平手で頭を叩かれ、息の根を止められた。

僕の母親、比嘉春子は実年齢四十八歳。四十八年間もの間どんな風に時を過ごしてきたのか知らないが「最強爆音」と名の付いた目覚まし時計が鳴り響いても体をぴくりとも動かさず眠り続けるその神経は天晴れというしかない。

僕の目の前でベッドからずり落ち、床に頭を打ち付けてからゆっくりと目を開けた。ドスンと鈍い音がしている。

正気なら痛みでとっくに目覚めるはずだがその音に過敏に反応しているのは息子であるこの僕と我が家の玄関の上の角っこのあたりで巣作りしているツバメの番だけだった。母はとにかく朝が弱い。

朝陽はこれでもかというくらいにふてぶてしい寝顔をピンポイントで照らし出す。

昨日は徹夜で疲れたと言うならば僕は非情な息子だとなじられても仕方ないが、昨晩母は僕の部屋に夜食を持ってきた後、すぐに床についた。

そしていつものように、ものの五分もしないうちに眠りに落ちたはずだ。

むしろ疲れているのは期末テストに向けて深夜まで猛勉強をしていた僕の方だ。

ついに朝陽にも見限られ、小太りの体に張り付いていた光の矢はいつのまにかベッドの脇の招き猫の置物を照らし出している。

母親歴十八年にもなるこの女がちゃんと目覚めてくれない限り、僕にもちゃんとした朝は来ない。

離婚して十七年間、馬車馬のように働いて女手ひとつでやっと購入した一戸建てもこれではただの寝床で終わってしまう。

近隣では牛乳屋の親父と隣の家のおばさんとの「おはよう」と言うやりとりが成され、あるいは老夫婦が犬の散歩に出かけたりと、既に朝という形態は始まっているというのに、この家だけが何も始動せず世間と違う空気を醸し出している。

それをぶち破るのが僕の日課のひとつだった。

息子が先に目覚め、母を起こしにいく。

それでも起きなかった場合は目覚まし時計に代役を託し、僕は静かに引き下がり自分の部屋に戻った。

「起きてくれ」僕が念じたその数秒後、自分の一人息子を学校に送り出すために一刻も早く起きて朝食を食べさせなければいけないことに気がつき、母は慌てふためく。

その後は自分の部屋を飛び出し、大急ぎで僕の部屋のドアを叩き、

「春太、起きなさい。遅刻するよ」と叫ぶ。

説得力は皆無に等しい。

「もう起きてるよ。あんたより二時間も早く」

勉強するための一時間半、母親を起こすための三十分。

いつものことだった。

「あら、ごめん、すぐ朝ごはん用意するね」

その丸い背中に向かって「ありえねえよ。もうバスの時間やばいっすけど」と愚痴ってみたが返事はない。

朝は誰にでも平等にやってくる。

四十半ばを過ぎても目覚し時計と毎朝格闘する小太り女にも、深夜まで勉強していた僕にも、

僕らの様子を一部始終見ていた鉢植えのサボテンにも。

「朝は戦争よ」大家族の若い母親がテレビの中でこのように吐露する事があるが、我が家もある意味戦争だ。

長い欠伸を終えた母親の背中越しに差し込んでくる光の加減で今日の天気がよくわかる。今日は見事な五月晴れだ。

既に洗顔も終えて学ランを着ている僕の前を堂々と道を塞ぐような形で母は階段を下りて台所に向かう。趣味の悪いゼブラ模様のパジャマを着替える余裕はなかったようで、ぼりぼりと太腿のあたりを掻きながら歩く姿は漫画の中のぐうたらな母親の描写によく似ていた。

一階のリビングでテレビを見ながら、朝食を待つことにした。

真新しいオープンキッチン。

エプロンの紐を結ぶ母。

柔らかな光のオブジェ。

さわやかな朝にひとつだけ足りないものがある。

それは美味しい朝ごはんだ。

母はキッチンに立つと真剣な眼差しで包丁を握り、申し訳ない気持ちを全面に出し、僕の方をちらちら見る。できればおでこの上のカーラーを外してくれればもっと誠意が伝わるのに。

悪気が無いのはわかっている。

五十近くになって体が思うように動かなくなるのも無理はない。

仕事に出かける様を見ていても怠け者ではない事もわかっている。

だけど「ごめん」なんて思っているなら、それがハートを伝って脳に届いて、やがてはその丸い体が機敏に動き出す、なんていう事に繋がっていかないものなのか理解に苦しむ。

電子レンジを使え。

もっと手抜きをしてもいい。

スープはインスタントで十分だ。

泣き寝入りに近い僕の訴えは聞き入れてもらえず、こういう時に限って栄養士の資格を振りかざし、

「悪いものは蓄積されてやがては身を滅ぼす。お母さんはちゃんとしたものをあなたに食べさせたいの」と言う。

そのこだわりが結果として僕を栄養失調にしてしまいそうだ。朝食を食べない事は脳に悪い影響を与え、集中力もなくなる。今や国家レベルで声を大にして言っている事だ。こんな事で足を引っ張られて受験に失敗した日には目も当てられない。

時計は七時をまわり、匂いだけが一足先に部屋中に充満し、僕の鼻先を刺激する。せめてテ

レビのリモコンでも弄っていないと、おもちゃを買ってもらえるまでデパートの床に寝そべって駄々をこねるガキみたいに理性を失ってしまいそうになる。

母はわかってくれているのだろうか。あまり手のかからない息子でも空腹は辛いのだと言う事を。

愛さえあればどうにかなるというその誤った哲学は食べ盛りの僕にはあまりにも酷で、もし目の前に受験と言う目標がなかったら僕はかなりの高い確率で不良になっていた事だろう。幸いにも道をそれずにここまできたが。

時計は七時十分。

朝食用の材料はまだまな板の周りにとっ散らかっていて、サラダ用のレタスも原型を留めたまま、完成には程遠いようだ。

最近の僕は朝食を口に含む事もなく、七時二十分発のバスに乗らなければならない事が多い。

母は三ヶ月くらい前から目眩や不眠に悩まされ、大学病院で検査した結果、更年期障害と診断され、その肩書きを手にした日を境にめっきり朝が弱くなった。もともと何をやらしてもスローテンポで、どのあたりから更年期に入ったのか、どこら辺までが本来の実力だったのか、僕には未だにわからない。

朝の寝起きの様子を見た限りでは不眠はとっくに完治していると思われる。

朝食作りも手際が悪く、トーストを焦がしてはやり直し、スープがしょっぱいと言っては水を足し、薄いと言っては塩を入れるという行為を繰り返す。

時計の針は「朝飯は諦めて早くバスに乗れ」と僕に囁く。

「まずは腹を満たせ、その次のバスに乗れ」腹時計が言い返す。

卵焼き、コンソメスープ、トマトサラダ、少し焦げ付いた厚切りトーストがようやくテーブルに並んだ。味はともかく、盛り付けだけはフードコーディネーターなみの腕前だ。

そしてあの手際の悪さで二十分で完成させたことは褒めてやろう。

だが、

「はい、おまたせ」

母が得意げに振り向く頃、僕はやっぱり玄関で靴を履き終えてドアノブに手をかけている。

「もうバス来ちゃうよ」

悔しい事に出来たての卵焼きはそこいら辺の洋食屋にも負けないくらい香ばしい匂いを放ち、僕の胃袋を強烈に刺激する。やや痩せ型の薄っぺらい僕の腹筋は今にもうなり声を発してしまいそうになる。

恨めしげに振り向くと母は僕のすぐ後ろに立っていて
「少しでも食べていきなさいよ。学校より体のほうが大事よ」

といいながら僕の大好物の卵焼きをぱくりと自分の口に放り込んだ。

「いらないよ」

ドアを乱暴に閉め、外へ出るとクリーム色をした市営バスは既に到着していて僕の家の玄関と台所をすっぽりと覆い隠していた。

神奈川中央交通のバスは一分たりとも発着が遅れることはないが、バス停の前に誰もいないとすぐに行ってしまう。毎日通学で利用する僕がいなくてもなんら気に留めることもなく走り去ってしまう。まるで僕一人いなくてもこの社会はちゃんと機能していくのだと言わんばかりに薄情だ。情の塊のような女に育てられた僕には少し酷な仕打ちだと正直なところ気落ちしたことは否めない。だけど僕はそれを現代社会においてはあるべき必要悪と受け止めている。仮に運転手が比嘉春子のような温厚な性格だったなら、たった一人を助けるために多くの乗客が迷惑を被ってしまうという大惨事が起きてしまう。世の中を回していくのは常に冷静で非情な大人たちだ。

僕の場合、玄関を開けるとすぐバスの車体が見え、並んで待つ人々の後ろに続いていけばまず乗り遅れることはない。バス停は僕の家のすぐ前に立っているということもあって、朝のタイムリミットは他の奴に比べれば余裕があって当然なのにこの時間帯は僕の一日の中で最も充実していない時間帯だ。

バスの扉が開き、僕は乗り込んだ。

車内は半分くらいが同じ高校へ通う生徒たちで埋まっていた。

「環境に配慮しています」という文字が賃金表の上のあたりに表示され、毎朝の事だが信号待ちのたびにきっちりとアイドリングストップが施行される。

たぶんバスのすぐ後ろにある我が家の玄関先で片手にトーストを持った母が笑顔で手を振っている。僕は気がつかない振りをしてバスに乗り込んだ。バスの中の乗客たちはぼんやりと比嘉春子を眺めていた。いくら僕が嫌がっても母は毎日玄関へ出て見送りをする。この件で何度か険悪になったこともあるが、母は決して引かなかった。僕はもう反論することをやめ引き下がったが、日が経つにつれ、乗客たちもこの光景を不自然に思わなくなったようだ。

笑顔で手を振る母の姿は誰の目から見ても、息子のために早起きして朝食を作り、弁当まで持たしてやっている完璧な日本の母親のお手本のような出で立ちだ。

まさか息子に起こされ、朝食作りにトライしてみるも間に合わず、何とか出来上がったそれを自分だけ口に含んでいる脳天気なおばさんだとは誰も知らない。おそらく僕はこの殺伐とした時代においては相当幸せな馬鹿息子だと思われている。そう思われたってかまわない。

本当に朝飯が食えるのなら。

比嘉春子は時々僕にこう言う。

「あんたっていつも不愛想でカリカリしている。もっと力抜きなさいよ。全然楽しそうじゃないねえ。友達とかいなくて寂しくないのかねえ」

僕の答えはいつも同じだ。

「この上、僕が気を抜いたらこの家は崩壊するよ」

母を当てにしないでコンビニでサンドイッチを買ったほうが賢明である事はわかっている。

あえてそうしないのはギブアップをしない母親を実は誇らしくも思っているからだ。

勿論そんならしからぬ発言は死んでも口にはしないが。

空は抜けるように青くすっきりとしている。

何も固形物の入っていない僕の腹みたいに。

母はきっと今夜も朝のお詫びに気合の入った夕飯をがっつりつくるのだろう。

その時間はきっと夜空にもしっかり雲がかかるのだろう。

何かが間違っている。

星を隠すなんて。

朝食抜きの埋め合わせが夕飯だなんて。

乗車してからの二十分間、バスの中での時間を僕は誰よりも有効に使う。

車両の真ん中あたりで吊り輪につかまり、スマホのアプリを開き、英語の予習を始めた。

僕以外の生徒たちは音楽を聴いているかラインに夢中になっている者がほとんどだが実にもったいない話だ。この時が勉強に集中できる最適な時間なのに。

だから目標を持たない奴はダメなんだ。

僕は来年の今頃、国立大学で誰よりも充実したキャンパスライフを謳歌しているはず。

大学という所は高校と違って好きな分野を好きなだけ学べる。

そこは勉学に貪欲な者にとっては天国だ。

だから早起きして勉強する。

だから母を起こす。

だから一分一秒でも早くバスに早く乗りたい。

僕の思いは高校に入学した当初から一貫して変わっていない。

中学校の頃の僕の成績は中の上といったところだった。

頑張れば私立の進学校へ、ほどほどに勉強すれば偏差値のやや高めの公立へという二つの選択肢があったが僕は母子家庭である我が家の家計の負担を減らしたいという思いもあって後者を選ぶ事にした。

担任は僕が家計の話をした事で目を丸くして驚いていた。どうやら僕は母親の懐の状況なんか心配するタマではないと思われていたようだ。

念のために滑り止めに私立も受験するようにと担任に薦められ、両方を受ける事に決めた僕は予定通りほどほどに受験勉強をしていた。

だが母親はそんな僕とは対照的に僕の何倍も必死になって受験対策に取り組み、塾の送り迎えや夏期講習の手続きなど、よそ様から見るとまるで僕が将来医学部を目指している優秀な中学生に見えたことだろう。

それくらい母は熱心に僕のために走り回った一年だった。無理もないことだった。僕が公立に行くのと私立に行くのとでは年間百万以上の差額が生じてそれはそのまま母の身に降りかかってくる事なのだ。

いつも温厚だった母親が時に鬼のような形相で僕を塾に送り出す。反抗期だったにもかかわらず、僕は受験に関係する事に関しては母親に対して無抵抗だった。

その熱意や勢いに押され、僕は言われるがままに勉強に取り組んだ。

そして第一志望の公立には予定通り合格した。

担任から母宛に祝福の電話がかかってきた夜、

「あんだけ勉強して落ちるやつの顔が見てみたい」

僕は鼻で笑い飛ばし、お祝いのケーキをワンホールごと切らずにフォークを突っ込み、豪快に頬張った。

そして次の瞬間、母の衝撃的な一言でケーキは勢いよく僕の口から飛び出した。

「春太、トップ合格だって」

合格したということだけですでに天狗だった僕だがこれには驚きを隠せなかった。

焦った僕の顔を見て母はまるで弱みでも握ったかのように薄ら笑いを浮かべて僕を指さした。

驚きのあまり、僕の口から放たれた生クリームはテーブルよりも母親の胸元のあたりに多く命中していてその粒が綺麗な花吹雪に見えた。黒のエプロンの上で電球の光に反射しながらきらきらと輝いていた。

もしかしたら僕はこの時、母親に向かってありがとうといったかもしれない。

そして少しだけ目を潤ませたかもしれない。

母から顔を背け、テレビの歌番組に興味を示すふりをして僕は冷静を装った。

思いがけずもトップ合格を果たした僕の鼻先はさらに伸び、高校生になった今も成長し続けている。

入学して初めての中間テストの答案用紙が返された日、母親にテストを見せろと言われると無愛想な顔でしぶしぶ差し出し、自分の部屋に戻り、ガッツポーズをして心の中で高笑いをしていた。

同学年の奴らが僕を抜こうと猛追してくるが、それを振り払って逃げ切る事を僕はロールプレイングゲームのように楽しんでいる。

僕を勉強好きに仕立て上げてくれたのは他の誰でもない、小太りでスローテンポな比嘉春子だった。

感謝していないわけがない。

勿論そんな事は口が裂けても言わない。

その代わり、僕は勉強に全力を注ぐ。母は三者面談の日、誰よりも胸を張っていられるはずだ。

「登る山が高ければ高いほど下界が美しく見える」

かのアインシュタインは言った。

僕にとって学校という所は殺風景で無表情でまるで主張の無い四角い箱の集合体にすぎないがそれでも図書室へ行けばたくさんの書物が堆く積まれていて僕の脳内をいっぱいに満たしてくれる。

友達と呼べるほど仲のいい奴はいない。

時々、テスト前だけ近づいてくるやつらもいるが僕は彼らを友達とは位置づけてはいない。

今の僕の心中にあるのは「勉強」という二文字だけだ。

物心ついた頃には僕の目の前に父親と呼べる男は存在せず、それの代役を果たす男に会った記憶もない。時々、母は父親の写真を引っ張り出してきては僕に無理やり見せ、父親の記憶を植え付けに来た。

それは僕が成長してゆく過程において必要不可欠だったのかそれともただふざけていたのか、それは母にしかわからないが、僕にとって父親とは光沢仕上げの薄っぺらい写真の中で笑っているだけの男にすぎない。

平面的で決して動きだす事はなく、語り始める事もない。こちら側からじっと見つめても永遠に温かみの伝わらない蝋人形のようなものだった。

誰かがふいにこの写真を破ったり持ち去ったりしても僕は悲しむ事も探す事もないだろう。きっと僕には必要の無いものだ。

僕らは二人で生きてきた。

母は有料老人ホームで社員として働いていたがその稼ぎだけでは裕福な暮らしは出来ないはずなのに小学校の頃の僕は一輪車もゲーム機も人並みに持っていた。それはきっと母の晩酌のビールの本数だったり、使っている化粧品の値段だったり何かの代償で買えた物だという事に僕は気がついていた。

それを僕に与える時の母はいつもさらりとしていてまるでスーパーに買い物に行った帰り道で僕にアイスを手渡した時の表情とさほど変わりはなかった。

母はちょうど程よい量の物品を僕に与え、ふわっと心地よい愛情をいつも注いでくれた。さらりさらりと偽りのない無償の愛を僕はいつも感じていた。

時々、不思議に思うことがある。

僕のためだけに時間を費やす生活を母は一度も苦痛だと感じた事はなかったのだろうか。それとも上手に演技していただけなのか、今さら聞くことはないが僕が小さい頃の記憶をこんなに鮮明に覚えているのはそれが僕の人生において無駄ではないという事なのだろう。

僕は無駄な事はすぐに忘れてしまう主義だ。

母に更年期障害の診断が下されてから正直僕はほっとしていた。出来ないには出来ないなりの理由がある。本人の意志に反して体が動いてくれないだけの事だ。それを知ってから僕の中から母へのいらだちが不思議なくらいきれいに消え去った。小さい頃、全力で自分を守ってくれた母親を嫌いにならずに済んだことに僕は安堵していた。

中学の時の授業でどんな質のいい土でも酷使すれば畑の栄養分は徐々に失われ、地力も落ちてゆくと教わった。

その時、ふと母親の事が頭に浮かんだ。

母はオーバーワークの末に失った栄養分を取り戻し、己を修復するために今は体力を温存しているのだろう。

僕にとって「更年期障害」という病名とちっとも痩せていかないその小太りの体は一つの安心材料でもある。

そんな心境を悟られないために僕は母に冷たくあたる。

高校に入学してからの僕は無遅刻、無欠席という記録を更新し続けている。

無遅刻は朝ごはんが目の前にあるのにひと口も口に含まずに学校へ向かうという残酷な日々を乗り越えた僕の意思の強さ。

無欠席は常に学年で上位の成績にいるという状況をなんとしても死守したいという僕のプライド。

少なくともだめ母比嘉春子は僕の足を引っ張る事はあっても僕の内申書の内容をよくする事にはなんら貢献してはいない。

僕は自力で起きて自力でバスに乗る。

僕は人生を成功させる。それだけの事だ。

なぜだかわからないが僕はダメ人間になる事をとても恐れている。

母のように人に優しくする事ができない。

やさしい人は常に時間を他人のために浪費し、自分を見失う。

それを当たり前のように体現する反面教師が僕の一番身近にいる。

僕はその人と同じカテゴリーで括られてしまう事をとても恐れている。愛情に満ちたその手を僕は時々遠ざけた。ぬるま湯の中に足を踏み入れた途端に、僕は今まで積み上げてきたすべてのものを失うような気がしてならない。

まだ小学校低学年の頃に、一度だけ母に連れられ母の実家である沖縄の祖母の家に泊まった事がある。八月の半ば、初めて体験する壮絶な暑さの中、僕は体中に蚊を這わせ大声をあげて泣いていた。

「おばあちゃん。クーラーつけてよ。暑いよー」

「春太、ごめんね。おばあの家はクーラーはないからよ。これで我慢してくれないかねー」

そう言って祖母は一晩中僕の体を団扇で扇いでいた。ついでに僕の隣で寝ていた娘の春子にも風を送ってあげていたのだと思う。僕はこの時、こども心に年寄りにこんな事をさせている自分が少し情けないと思っていた。

翌日もその翌日も祖母は寝ずに僕に風を送り続ける。そのせいで体調を崩し、今まで一日たりとも休んだ事のないさとうきび畑の草取りをとうとう休んでしまった。

布団で横になっている祖母を僕の従兄弟たちは心配そうにのぞき込んでいる。

僕は

「おばあちゃんごめんなさい」

と言うかわりに
「僕は知らないよ」

と泣き喚きながら母の背中に隠れた。

誰一人僕を責めるものはいなかった。三人の従兄弟たちもたまたま遊びに来ていた親戚のおじさんも。

その日の夜、体を壊してしまった祖母の代わりに団扇で僕を扇いでくれたものがいた。団扇を揺らすその手がまだ五才になる一番末っ子の従兄弟だとわかった時、僕はその姿を直視することが出来ず、寝たふりをして背中を向けた。

僕の目線の先で比嘉春子の肉厚の背中がいびきと共に揺れていた。なんとも言えない苦い気持ちで僕は目を閉じた。

この時僕はありがとうという言葉が言えない自分が欠陥人間なのだろうかと子供ながらに本気で悩み、もやもやしていた。でも僕の腹は決まっていた。

僕が頼んだわけじゃない。

そう、この人たちが勝手にやっているんだ。

僕の後ろで虫や蚊を追い払う小さな従兄弟の息遣いを僕は鮮明に覚えている。

眠いのを必死でこらえ、蚊の泣く音で目を覚ましてはまた団扇を揺らし始める。

「やめろよ」そう叫びたかった。

今まで体験した事のない熱帯夜だったが、僕はたまらず頭から布団をかぶり身を隠した。

彼は僕に優しくするために僕を追い回す。僕は必死に逃げる。僕は苦しい。

だけど…。

彼は聖者で僕は悪党だ。

僕はこの時を最後に母と一緒に帰省するのをやめた。

母に
「どうして行きたくないの。おばあたちは春太に会うのを楽しみにしているんだよ。がっかりするさあ」

そう問い詰められてもこの時の僕はうまく説明する事が出来ず、とにかく行きたくないんだと押し通した。高校生になった今も僕にとってはあの光景は悪夢でしかない。明らかにそこは自分の居場所ではないと知った夜だった。


バスが学校に到着する三分前に僕はスマホを閉じ、鞄にしまった。

教室に入ると同時に僕の中でスィッチが切り替わる。多分今日は抜き打ちで漢字のテストがあると思われる。

担任は昨日、しつこく「ノートをとれ、しっかり復習しろ」と言っていた。そう言った翌日は必ずと言っていいほど抜き打ちのテストが行われる。

「今日は漢字のテストをする」

そう言われて初めてクラスのやつらは

「ええー、ひっでぇな。抜き打ちかよ」と騒ぎ出す。

担任はいつも同じフレーズ、同じ東北訛りで遠まわしに告知していたはずだ。それも気づかないなんて僕からすればまるでガキの集まりだ。本当に勉強する気があって毎日ここへ通って来ているのかと呆れてしまう。

その中でも一番でかい声で抜き打ち行為の不当性を訴える者がいた。勿論、クラスで一番勉強の出来ない奴に決まっている。

「せんしぇい、それはおかしいよう」

その語り口は知性の無さが最大限に出てしまっていてもう目も当てられない。

僕の心の声がマシンガンの如く、彼を非難する。

黙れ、サル。僕はクラスメイトとして恥ずかしい。お前に言っても無駄かもしれないがアラビアの諺でこんな言葉があるんだ。

戻らない三つのもの。

放たれた矢。

過ぎ去った時間。

そして語られた言葉だ。

低すぎる身長と毛深い腕と戦国武将のようなサル顔は消極的であって然るべきだ。

見て見ぬふりをしたいところだが、このサルはやたらと僕の視界に入り込み、僕を苛立たせるのだ。

学年トップの僕が学年最下位の奴に日常を乱されてしまうのは合点がいかない。

だが僕の思いとは裏腹にこのクラスでは彼は一番の人気者だった。

彼が恥をかいてみんなに冷やかされる場面なんて一切出てこない。

クラスメイトからはズッ君などとかわいらしいニックネームで呼ばれ、さっきのくだらない発言もクラス中を和ませている。

サル顔で小柄なこの生徒は僕たちが三年に進級した一学期の初日、始業式の日に転入してきた新顔である。

彼は転入した初日に既に強烈なインパクトを放っていた。

基本的にこの学校では進級してもクラス替えはなく一年からずっと同じメンツが持ち上がり、三年間を一緒に過ごす事になる。

環境が変わらないというのは僕にとっては好ましい事だった。勉強する環境がいつも一定で、馬鹿で騒がしい奴らでも同じ声、同じ絵面が並んでいる方がなぜか落ち着くもんだ。

新しい担任が始業式で発表された上に今日はどうやら転校生も来るらしいという噂も飛び交って教室内は女子たちの黄色い声でざわめいていた。

女子の盛り上がり方からいっても転校生が男子であると言うのはほぼ確かな情報らしいが僕は全く興味が湧かない。

学校という所は勉強する場所であって行事だの転校生だのはついでにくっついてくるエピソードに過ぎないのだ。

「キンプリかBTS系かな?楽しみ〜」

女子たちの妄想は膨れ上がり、それ以下の男が来たなら、舌打ちされた上に校内では反則とされる暴言まで吐きかねない空気が充満していた。

「おはよう皆さん。今日から新学年ですが、まず初めに転校生を紹介しますね」

初老で若干足腰の弱そうな小柄な男が自分と同じくらいの背丈の男子を黒板の前に立たせた。

彼と担任が登場したとたん、女子たちの落胆の声は容赦なく教室中に響き渡り、黒板の前に並んで立つ二人に対して、予想した通りひとかけらの配慮も感じられなかった。

「私も皆さんと今日からこの教室で一年間を過ごすわけですが。まあそれは後でいいとして。

まずは今日からこのクラスの仲間になる彼を紹介します」

教師は名簿を開いて目を見開いた。

「名前はえっと…。あっ、ああ、なんだ、えぇっと」

「始めまして瑞慶覧正則です」

「ズ、ケ、ラン…?」

おそらく教職について三十年は経つであろうと思われるベテランの教師が生徒の苗字を読めず、本人に先に名乗られ、命拾いしたというお粗末な場面だ。

僕を含め大半の者が教師の勉強不足よりサル顔の男子の苗字に驚いていた。

「えっ、外人?」

こういった場面での女子の無神経さといったら節度を越えているなんてもんじゃない。

そんなわけないし、こんな不細工な外人はそうそういない。

女子たちが落胆する中、自己紹介が終わり、彼は担任に言われて僕の隣の席に腰掛けた。

「隣の席の君が彼に色々教えてあげて下さい」

僕は腹の中で冗談じゃないと思いながらも
「わかりました」

と返事をした。

無意味でも面倒でも多少の雑用はこなさなくてはいけない。内申書に響いてしまってはつまらない事だ。

「では出席をとりますから、今日は初めて顔を合わせるので名前を呼ばれたら自己紹介して下さい」

五十音順に始まって十四人目の点呼が終わり、僕の番になった所で担任は僕の顔と出席簿を交互に見ながら口ごもった。

「じゃ、次はえぇっと」

ここまで漢字が苦手な教師も珍しい。こんなやつに僕の内申書が左右されるなんてふざけた話だ。

「せんせい、それはひがって読むさあ」

となりから瑞慶覧正則が口を挟んできた。

彼は立ち上がり、僕の上履きの先端に書いてある文字を指でさした。

「これこれ、この字でしょ。ひが。ひ、が」

うるせぇ、連呼するな。目立ちたくないんだ。

僕は彼を睨みつけた。

「ひが？　ほう、これまたなんと」

「この人たぶん沖縄人さあ。沖縄は石を投げると比嘉に当たるっていうくらい、比嘉でいっぱいさあ」

「へえーそうなのか？」

クラスメイトが聞き返し、少しざわついたところで担任が割って入り、話し始めた。

「はい、わかりました。とりあえず座りなさい。君に一つ言っておきます。沖縄人っていうのはある種、差別用語にあたる。正しくは沖縄出身の人、だ。沖縄は一九七二年に正式に本土に復帰したんだ。君には今度歴史の話をいっぱいしてあげるから」

教師は得意げに教室を見渡した。

歴史よりまず漢字の勉強をしてほしい。

この先、無知なこの教師から勉学を教わり、隣にいるサル顔の男の戯言をいなしながら一年を過ごすことになるのかと考えると少しばかり憂鬱になってきた。

「仲良くやろうね」彼は毛深い手を僕に差しだし、にこにこと笑う。

僕は拒むわけにもいかず右手を出し握手に応じた。

その日、転校初日の彼はクラスの数十人の生徒に取り囲まれ、前の学校の事や、部活は何をやるんだとか質問攻めにあっていた。

その輪の中に女子は一人もいない。

彼は一般人には理解不能な沖縄の方言を交えながら懸命にみんなの質問に答えている。

「だるばあよ。あいや、でーじやっさー」

彼に興味はない。だが、皮肉なことに近距離から嫌が上でも聞こえてくるその単語は僕が望まなくともすべて理解できた。

彼はさほど方言は発していないのだが、その強烈な訛りのおかげで聞き取りづらいのか、ちっとも会話が繋がらないようだ。

「運動には自信がある。バスケをやりたいけどルール難しいからやめておく」と言っている。みんなは
「えっ、なんて言ったの」何度も彼の言葉を聞き返す。

聞き返す程の内容じゃない。僕は心の中で失笑した。

僕の受験勉強の中に「南国の方言」というカリキュラムなんか組まれてはいない。ただ僕は生まれながらにしてその独特の語りを耳から注入され、まるで低温火傷のようにじわじわと内耳に刻み込まれてきただけの事だ。

僕の耳の奥でまるでパソコンの変換機能のように一瞬にして翻訳をやってのける。

これが英語だったならどんなに誇らしかっただろう。

家に帰れば彼と同じイントネーション、同じテンポで話しかけてくる小太りの女がいる。

その女が僕にこんな不要な能力を身につけさせたのだ。

「沖縄」というワードからおよそ人が思い描くのは南国の美しい風景やトップレベルのアーチストたち。多くの人が魅了され、癒され、憧れる。

だが僕が瞬時に連想するのは「脳天気」という三文字。

そこは自分にとって第二の故郷であり、少なくとも他県よりも親近感を抱いていてもいいはずだがその地名を耳にする機会があっても僕の中で何の感情も生まれない。

時々母方の祖母や叔母が僕の声を聞きたいと言って電話をよこすくらいで僕の方からすすんで連絡をとった事は一度もない。彼らは僕の事を呼び捨てにし、これだけ疎遠でありながら、まるで一緒に時を過ごしてきたかのように馴れ馴れしく僕にあれこれ問いかける。

「いつ帰ってくるの。帰ったら小遣いぐぁーあげようねえ」

僕は嬉しくも懐かしくも恋しくもない。

当たり前だ。そこで生まれ育ったのは母親であって僕じゃない。それに帰るという表現は僕にはしっくりこない。

むしろ僕は母親の醸し出す緩いオーラと無限に広すぎるストライクゾーンがあまり好きではない。

例えばテレビのニュースの中で詐欺まがいの巧妙な手口で騙され、意気消沈している年寄りを見かけると他人事のような気がしないのである。僕から言わせると母親はお人好しを拗らせた究極の偽善者だ。

仕事が終わり、家で寛いでいる時でも施設に入所している高齢者から突然かかってくるくだらない電話を全部受けてしまう母親。勤務時間外の職員に緊急でない限り電話してはいけないというありがたい規則もあるのに母はそれを理由にして断るような事は決してしない。だいたい電話番号を教えてしまうこと自体が愚かな行為だ。その施設の入所者のほとんどは認知症だ。

そのせいで楽しみにしていた韓流ドラマを見逃してしまっても母は文句ひとつ言わない。

電話を切った後、その年寄りは母と会話した事すら忘れてぐっすり寝るのかと思うと本当に腹立たしい。

おそらく僕の血液の九割は父方に由来するものだろう。

どんな男かよく知らないがたぶん比嘉春子よりは賢い人種だ。僕らと決別して自分の自由を確保した人なのだから。

勿論どちらが好きかと言われれば母に決まっている。

でもどちらの生き方が好きと聞かれれば僕は暖かい黒潮より冷たい親潮と答えるのかも知れない。

プランクトンみたいにカツオや鮭になんか食われてたまるか。

南の方から流れてくる生暖かい海流から逃げながら僕は常に北上する。

だから沖縄からやってきた転校生のサルとも仲良くやれるはずがないのだ。

ところが面倒くさい事に瑞慶覧正則と僕はクラスの中では席が隣どうし、朝の通学経路も同じコースで毎朝同じ時間のバスに乗り合わせるのである。

僕の乗るバス停の五つ先から乗ってくるのだが、彼は僕の姿を見つけると同じ制服を来たやつらの間を縫ってすぐに近寄ってきて必ず僕の隣に立つ。

彼は「よっ」と声をかけてくる。僕は「おはよう」と一言返した後、また読書を続けた。

毎朝この程度の会話だが彼がいつも隣にぴったりと寄り添っているせいで僕らのことを親しい友人同士だと誤解している者も多い。

僕はそれを否定したり弁解したりはしない。時間が惜しいからだ。

彼は僕のことを春太と呼び、僕は彼の事を正則と呼ばされているが僕の方から彼に声をかける事は滅多にない。

それでも彼は休み時間も給食の時も放課後も僕にまとわり付く。

彼が僕に執着する理由はただ一つ。

僕の母親が沖縄の生まれだという事。

たったそれだけの事。

「同郷だから仲良くしよう」

彼にはそれがすごく重要で深い事なのだそうだ。

彼は成績は下の下だったがスポーツは万能だった。

転校して来てもう一ヵ月になるが、いつまでも修正できないあの強烈な訛りと天然トークでみんなを引き込み、毎日がショートコントのような日々を過ごしている。

いつも数人の男子で賑わっていてその輪の中からわざわざ抜け出して僕の所へやってくる。

「一緒に帰ろうよ」

「おう」

僕はそいつを拒むより、そいつを空気のように扱う事に決めていた。

彼を拒むには拒んだ理由も説明しなくてはならない。そのやり取りを想像しただけで僕の中から大切なエネルギーが失われて行く様な気がして気が重くなる。

彼の家は沖縄料理の店を営んでいる。数年前に父親だけが沖縄を発ち、横浜で一人で始めた経営が軌道に乗り始めたので家族を呼び寄せ、彼は僕のクラスに転入する事になった。

彼がバスの中で一方的に話す内容はほとんどが家族と沖縄の友達の話だった。

そんな毎日が二週間も続いたある日、僕らの間に小さな事件が起きた。

「これ、君のお母さんにってうちの親が」

正則は新聞紙の塊を鞄から取り出し、僕に渡してきた。

新聞紙の一部が破れ、そこからにょきっと顔を出している緑色のブツブツ。

沖縄人が愛してやまないゴーヤだった。

「なんでだよっ」

僕は思わず手を後ろに回し、それに触れるのを拒んだ。

「そんなもん持ってくるなよ」

急いでそばを離れ、バスの最後部の方に逃げた。正則はびっくりしたように僕を見ていたが、僕は怒りと恥ずかしさでいっぱいだった。

どこまで空気が読めないんだ。

乗客全員に見られてしまったじゃないか。

バスの中でゴーヤのやりとりする高校生なんかどこにもいねえよ。

第一お前の親とうちの親は親戚でもないし、面識もない。赤の他人だ。何かをあげたりもらったりする必要なんかどこにもない。僕は頭の中で怒りの言葉を並べ、正則を睨みつけた。

やっぱり初めに言っておくべきだった。

僕はお前とは違う。

僕の人生にくだらないものは何一ついらない。

お前なんかに大切な時間を奪われたくないと。

翌朝になって
「春太、昨日はごめんなあ」彼の方から謝って来た。

くりくり頭のてっぺんを掻きながら彼は僕の机の前に立ち、満面の笑みを浮かべながら僕の顔を覗き込む。

冷静に考えてみれば被害者は彼の方だ。親が持たせたゴーヤを突き返され、怪我はしなかったが僕に突き飛ばされたのだから、大概の人はそこで喧嘩別れしてジ・エンドだろうがこいつの場合、一般常識を当てはめる事も数式で解くこともできない。無視することが早道だと思われる。

返事もせずに僕は教科書をめくった。

彼はまだ何か言いたそうに僕の方を見ている。

「春太、たまには校庭に出てバスケでもやらないか」

ルールも知らないくせに。

やるわけないだろ、お前となんか。

僕は腹の中で見下しながら彼がまるでそこにいないかのようにあしらった。

「行こうよ。春太。バスケ、バスケ」

彼がぐいっと僕の腕を引っ張る。僕の体は宙に浮きながら引きずられ、あっという間に自分の机から引き離されて教室の入り口まで連れていかれた。

「うわっ」

僕は思いがけない正則の乱暴な行動に少し動揺し、声が裏返る。

その小さな体のどこに身長百七十五センチの僕を持ち上げる力が備わっていたのだろうか。自分より小さい奴に下から持ち上げられる不気味さを僕はこのとき初めて体験した。

ノートやシャーペンが机からばさっと落ちたのに誰一人も拾ってくれる者はいなかった。僕のこの状況を助けようと思う者なんかいるはずがない。たぶん面白がっている奴の方が多いのだと思う。

もがいても離れない僕の左半身と彼の全身。つなぎ目のないひとつの物体みたいに僕らは進んでいった。

「春太、バスケやるよう」

本気と悪ふざけのちょうど真ん中あたりに僕は宙吊りにされて民衆のさらし者になっている。みんなの人気者だったズッ君が凶器に化けたように思え、僕は怯えた。悪気がないだけに不気味だった。

正直僕は「やられるかも」と思ったがここで泣き寝入りして手を緩めてもらうなんて僕のプ

ライドが許さない。おでこにかいている汗が冷や汗だと知られてはならないし、足だって浮いてない、自力で歩いているんだと自分に言い聞かせる。

「離せ。サル。どこへ連れてくつもりだ」

「春太。もうすぐ着くからな」

サルは楽しそうに笑っている。僕の顔は苦痛に満ちてはらわたも煮えくり返っているのに。

身長は頭一つ分違うのに彼はまるで筋力と柔軟性をうまく交互に使い分けるようにして僕の体を軽々と運び、長い廊下を僕らは魚のように流れて一階の出口へと進んでいった。頭の悪いサルに僕は軽々と捕らえられ、こういう時、頭脳なんてなんの役にも立たない事を知り、その歯痒さといったら朝飯の匂いだけたっぷり嗅がされていってらっしゃいと見送られるあの苦痛なんかとは比べ物にならない。だけど認めるわけにはいかない。僕は常に彼の上にいたはずだ。

その手が外れた瞬間にお前とは絶交だと叫んでやる。

周りの視線を浴びながら僕はもがき続けた。校舎の外へ出たところでさっきよりは手加減された状態でまた引きずられて校庭の方へと二つの体は進みだした。

色黒で腕だけがやけに逞しい野蛮なサルの前で僕はみっともないもやしっ子に見えているに違いない。

掴まれているのが学年トップ成績を誇る僕でそれを引きずっているのが人気者の瑞慶覧正則

とあれば誰だってその理由を知りたいはずで、そこにいたほぼ全員が僕らに注目していた。

だけど誰よりもその理由を知りたがっているのは今引きずられているこの僕だ。

昨日ゴーヤを付き返した事を根に持っているとでもいうのか。

校庭の右端にあるバスケットボールのコートの中のフリースローラインの前で足は止まり、なぜかひきずられた僕の方が息を切らし、僕の体重の半分を背負って走っていた正則の方は汗一つかいていない。

「春太。シュートしてみて。たくさん入れた方が勝ちさあ」

「はあっ、なんだっていうんだよ。頭おかしいんじゃねえの。やるわけないだろ」

「勉強している方がいいって言いたいのかあ」

「当たり前だ。なあ頼むから僕に付きまとわないでくれないか」

「春太、友達とかいなくて淋しくないのか。たまには思い切り遊ばんとストレスたまるさあ。一人で勉強ばっかりしていると人生つまらんよう。僕の父ちゃんは中卒だけど友達いっぱいいるからいい人生だっていつも言っているよう」

僕はその言葉を聞いて絶句した。

そして奴はこうも言った。

「お前はちっとも楽しそうじゃないさあ。全然笑わないさあ」

こいつはもしかして僕をかわいそうな奴だと思って自分が友達になってやるって言っているのか。こいつを見下していたつもりがこいつはさらにその一つ上から僕を見おろしていたというのか。

僕をさらに苛立たせたのはこのサルが言った内容が比嘉春子が言っている事とまったく同じだったことだった。

悔しさで奥歯がギシギシと音をたて始めた。

上等だ。

この機会に全部ぶちまけてやる。

「いっつも何かっていうと二言目には沖縄、沖縄ってうるせえんだよ。僕は君を友達だと思っていない。沖縄で生まれたのは母親だ。僕じゃない。僕は沖縄なんか興味もない。この先も君と仲良くしたいとは思わない。あんなくそまずいゴーヤなんか大嫌いだ。ばっかじゃねーの」

瑞慶覧正則の顔が一瞬ピリッとなった。

一ヵ月間、こいつの顔を見たくもないのに毎日見てきたが初めてみる彼の真顔だった。

「春太。何言われても平気だけど一つだけワジワジした。くそまずいゴーヤは俺の父ちゃんが大事に育てたやつだ。やーはフラーか」

正則は顔を真っ赤にしながら怒っている。

やっぱりこいつは人並みはずれた馬鹿だ。

僕の発言の中で腹がたったのはゴーヤをくそまずいと言った箇所だけだったようだ。

僕ははっきりと君を友達とは思ってないって言ったし、馬鹿呼ばわりもした。だけどそこは全部スルーされて彼の逆鱗に触れたものは彼の愛するゴーヤを否定した事だけだった。僕からすればゴーヤ批判はかなり正当な意見を述べたに過ぎない。出来れば前者の部分を大きく取り上げて実に無益で曖昧なこの関係性がついに喧嘩別れに至るという結末まで持っていってもらいたい。

その可能性も無くはない。彼は今日初めて僕に対して攻撃的な態度をとっている。

彼の足が一歩前に出た。

「お前なあ、人が一生懸命作ったものをまずいとか言うな。人のありがたみもわからない奴は最低さあ。そこがお前のだめなところなんだ。俺は友達だから言ってるんだ」

正則は僕を睨みつけ、腕を掴もうとした。

こいつの口からやっぱり絶縁宣言は出なかった。それなら僕の方から言ってやる。

「二度と僕に近づくな。もうお前とは関わりたくない」

彼は下から見上げるように僕を睨んだが上背は僕の方が勝っている。負ける気はしなかった。

僕は返り討ちにしてやろうとその襟首を両手で掴み、そのまま押し倒そうと試みたが正則は僕の体の下に素早く入り込み、溝おちのあたりに軽く一発入れてきた。指先をまっすぐにしてほんの少し僕の体に触れただけなのに僕は彼の足元に崩れ落ち、まるで彼に土下座しているような体制になった。

「痛っ」

脇腹を中心に電気が走ったような痛みが襲ってきた。

一瞬呼吸が苦しくなり、額に冷たい汗がたらりと流れた。

「どうしたあー。ゆうーとおーせーい」

三階の教室から僕らを見つけた同じクラスの男子がからかうように叫んだ。

僕は体をよじりながら立ち上がろうと踏ん張った。

正則はちょっと焦った顔で僕の目の前に手を差し出した。

「ごめん。そんなに強くやるつもりじゃなかった」

「さわるなっ」

僕はその手を強く振り払い、彼に背を向け、校舎の入り口の方へ歩き出した。脇腹を押さえながら悔しい気持ちをかみ殺し、校舎の入り口で上履きに履き替えた。

教室に入ると同時にまるで鬼の首を取ったように大勢のクラスメイトが僕を囲んだ。

「優等生。やっぱりけんかは弱いんだね。ズッ君を相当怒らせたみたいだな」

さぞ気分がいいだろう。

教師からも信頼され、いつもトップを突っ走る僕が泥だらけの服で脇腹を押さえながら教室に入ってきたのだから。

クラスの男子の数人が僕の歩行を妨げるように僕を囲んだ。せせら笑うもの、わざと僕の前に立つもの、哀れむように見守るもの。僕は両手でその無能な集団を押しのけ、自分の席に向かう。脇腹をさすりながら椅子を引き、席についた。彼らはそれ以上僕の後を追うことはしない。

それは彼らが秩序をわきまえた立派な人間だということではない。僕が常日頃から自分のエリアに絶対に彼らを踏み込ませない空気を放ち、必要な会話を交わすときでも境界線ありきで接してきたからであって、いわば彼らが僕に執着しないという行為はただの習性にほかならない。僕はそうして自分のエリアと時間とプライドを守ってきた。

それが一切通用しなかったのがあのサルだった。

僕は彼らに笑われたって大して痛くない。

何故なら中間テストが始まれば彼らは僕に偉そうな口はたたけない。廊下の掲示板に貼り出された順位表をみれば自然に彼らは僕との間に距離をとる。

僕は数分後にはあの悪夢だって消し去ることができる。高みを目指す人間はそういった能力も備えているものだ。僕は君らとは違う。

集中力を高めるためにさっきの騒動で少しずれた机の位置を綺麗に元に戻し、身の回りを整理した。教科書を開いて数学の予習を始めたが、しいていえば女子の笑い声が若干耳障りだった。あの甲高い笑い声とか、話の内容が筒抜けであることに対する恥じらいとかが何も感じられない女子の独特のあつかましさが僕はかなり苦手だ。かと言って口もきいたこともない女子という生き物に忠告する勇気はない。あくまでも僕が突っぱねてきたのは毎日のように馬鹿騒ぎしている男子だけだから。こちらから境界線を引かなくても女子が僕に近づくことはまずないといえる。

視線を向けてみると女子たちは教室の窓際に五、六人ほど固まってたむろしていた。そこは教室の中では一等席と呼ばれていて校庭のすべてが見渡せる場所でおそらく彼女らも僕らがもつれ合った末、僕が惨敗した姿をはっきりと目にした事だろう。

どうでもいい。はなから友達はいないし、弁明する相手もいない。

それに僕はもうこの先あのサルに振り回されないのだからそれだけで大きな成果を得たと言える。

深呼吸して勉強に集中しようと顔を上げた時に女子の集団の中の一人が振り返ってこちらを見ながら笑っているのが見えた。

僕は驚き、一瞬で凍り付いた。

なんでそこにいるんだ…。

彼女は隣のクラスの生徒だが同じ部活の仲間がこのクラスにたくさんいて時々休み時間になると遊びに来る古沢麻友という子だった。

なぜ…？

よりによってこんな日にそこにいたのだろう。

古沢麻友は僕にとって特別な人だった。

数日前、彼女は休み時間に教科書を片手に僕を訪ねてきた。

「比嘉君。教えてほしいところがあるんだけどだめ?忙しいならいいけど」

さりげなく左側からするりと僕の横に回り、僕の目を覗き込み申し訳なさそうに聞いてきた。

僕は黙って彼女の指が止まっている箇所を読み、無言のまま数式を解いてみせた。彼女は僕の真横で頷きながら僕の手の動きをじっと見ている。

解き終わると僕は終わったよと言う代わりにシャーペンをぽんと置いた。

彼女は僕のノートの端に「ありがとう」と書いてそばを離れ、手を振りながら自分の教室へ帰って行った。僕は顔をそこへ向けずに視線だけ彼女の姿を追った。

女の子の匂いがした。僕の肩越しに頷いている時、グロスのついた唇の先がちらちら見えた。

僕のノートにありがとうと書いたとき、少し腕が触れた。

誰にも気づかれていないとはいえその時の胸の高鳴りは僕の長所であるはずの冷静さ、そして僕の生きる道標であるはずのプライドってやつを一撃で打ち崩してしまった。

その姿が完全に見えなくなると石鹸のような残り香を必死で自分の体に取り込もうと大きく息を吸った。

僕はその日以来、隣のクラスの教室の前を通過する度に人には分からないように横目で彼女の姿を探すようになった。彼女がノートの端に書き残した「ありがとう」という文字を右手でそっとなぞってみると僕の心は昂揚感に包まれ、気がつかないうちに鼻血が出てきて周りを驚かせたこともある。

となりの教室にいる彼女の動向が気になって落ち着かない日々が続いた。

こんな気持ちは初めての事だった。その人は唯一、僕から冷静さを奪ってしまう人間だ。

最悪だ。

君はそんなところにいてはいけない。僕は優等生でプライドの高い男、君の目にもそう映っていたはずだ。

だけど、僕は男として一番情けない姿を目撃されてしまった。その場所から古沢麻友は一部始終を見てしまったのだ。

唯一、この出来事を弁明したい人がいるとしたならそれは彼女だ。

鉛筆を走らせる振りをしながらため息を何度もつく。

クラスの奴らに笑われたって冷静でいられたし、あのサルの事だってもう縁が切れるのなら根に持たないで勉強に集中しようとたった今、決意したところだった。

こんなニアミスが起きることは想定外だ。

「春太。大丈夫か」

僕のつむじのあたりで声がする。

このタイミングで一番会いたくない無神経な男が僕の背後に立っていた。振り向いて罵倒する気にもなれない。僕は今心身喪失している状態だ。お前のせいで。今僕に話しかけたら本当に許さない。

正則は自分の席に腰掛けて僕の方を見たがさすがに少し気が引けるのかそれ以上はその事に触れる事もなくそのまま黙ってしまった。

一時限目のチャイムが鳴り、国語の先生が黒板の前に立ち、いつも通り授業が始まった。

僕の心は古沢麻友、目前にせまっている中間テスト、僕のプライドを傷つけた瑞慶覧正則の順番で三つのキーワードがグルグル回っていた。

僕は今自分が最も優先させるべきものを一つだけ選択し、他の二つはきっぱり忘れてしまおうと決意した。

もちろん僕が選んだのは中間テストだ。

残りの二つを一つのフォルダに集約し、削除してしまおう。

そうすれば僕はまた僕に戻れる。

僕は瑞慶覧正則によって恋心を終結させられたという事で区切りをつける事にした。

僕はこうして自分を壊さないよう守って行く。

僕は体当たりな生き方はしない。

母さんや正則みたいに。

弱虫と聡明が紙一重であるならば僕はそれを恥じたりしない。僕は人生を成功させるんだ。

僕が正則と絶縁し、古沢麻友への恋心を断ち切る決意をしたその日の夜の事だった。

夜七時ごろ、母親と二人で夕食を食べていると玄関の呼び出し音が鳴った。

「こんばんは。春太君はいますか」

母親は僕の知り合いだと知ると慌てて玄関の方へと向かった。

母が消し忘れたインターフォンの画面に近づいて覗いてみると瑞慶覧正則が立っていて、その横にやくざが好んで着る柄物のシャツを着たいわゆる任侠映画に出てくる悪玉のような凄みのある顔の男がいた。僕は思わず画面を消し、リビングの方に一度身を寄せた。

僕が毎日彼を拒み続けた事がこのような事態を招いてしまったというのだろうか。

まさかやくざを連れてくることなど予想もしなかった。

だとしたら母親が危険な目にあうかもしれない。

僕の頭の中でネガティブな妄想が繰り広げられる。とりあえずこの危険な状況を回避するためには僕が出てゆかねばならないと考えた。

いつものように理論的にこの状況を解析してみたあと、僕は前に出る決心をした。

常日頃から僕の中に男らしさという部分が見られない事を母は心配していた。

「最後に勝つのは頭のいい人間だ」

いつもそう言って母の言葉をはね返してきた。

僕の事などあてにはしていないだろうが母を見捨てるわけにはいかない。納戸からモップを持ち出し、両手で抱え、膝を震わせながら玄関の扉を開けた。

母の背中が見える。小太りの丸い背中を左にずらし、僕は震えながら前へ出た。

目の前に立っていたのは正則によく似た色黒の男とその男に耳を掴まれ、顔を歪めている正則。その後ろには小学校くらいの男の子二人と五才くらいの女の子とその母親らしき人。

全部で六人だ。どうやらその男は正則の父親だった。

ということは、あのシャツはやくざが好んで着るあれではなくてかりゆしウエアーってやつだ。

僕も着たことはないが何着か持っている。

「すいませんでした。このフラーがぁーがお宅の息子さんをしぐってしまったそうなんです」

仕返しに来たのではないと知って僕はモップをそっと玄関の隅に置いた。

「えっ、春太が?」

正則の父親の話を聞きながら母は驚いた様子で僕を見た。

僕にとっては不都合なまずい空気が漂っていた。あの話は絶対に蒸し返してほしくはない。僕はあの勝負で惨敗したのだから。

いやな出来事はすべてひとつのフォルダにまとめて削除したのにそのファイルをまたゴミ箱から元に戻したりしたら古沢麻友の事まで一緒に戻ってきてしまう。

「おうえーしゅるばーにやちかーらんり、ヤクシクそーくとぅ空手習わしてやったのによ」

「あいえなー。春太はじゃあん怪我しんねえんど。しわさんけ」

直訳すると
「けんかに使わないという約束で空手を習わしてやったのに使いやがって」

「いえいえ、どこも怪我もしてないのでご心配なく」

と言っている。

小太りがいて色の黒いのがいてさまざまなサイズが勢ぞろいして意味不明の言葉が飛び交っ

ているのはさながらアジア映画の撮影のロケーションのようで異様な光景だった。

瑞慶覧正則が転校して来た日、うちのクラスの女子たちが彼に向けて「えっ外人？」と放った言葉はこういった場面で使われるべきではないだろうかと思ったくらいだ。ただ自分がその内容をすべて理解できている事が不思議に思えた。

母と正則の両親は玄関で十分以上その話を続けたがその間、正則は父親に頭を三回殴られた。この時、僕の頭の中では沖縄というキーワードの中に「暴力」という単語を付け加える作業を行うと同時に、正則に何の前触れもなく腕を掴まれ、いきなり校庭へ引きずり出されたあの光景が蘇った。もしかしたら彼に言わせればあれは暴力行為ではなくただのスキンシップだったのかもしれない。いずれにしてもあまり関わりたくはない。

「あんしぇー、帰りましょうねえ」

瑞慶覧一家が立ち去ろうとすると母がいきなり
「夕飯食べていきなさいよう」と言い出した。

「何言ってるの。母さん引き止めたら迷惑だよ」

靴箱からスリッパを出そうとする母親を慌てて制止した。

大事件を起こしたわけじゃあるまいし、一家六人で謝りに来た事だけでも驚いているのにこの上家にまで上がられたら迷惑なんてもんじゃない。

「ありがとうね」

彼らはすぐに靴を脱ぎ始め、まるで小さい頃に毎週見ていたサザエさんのエンディングの図柄のように一列に並んでリビングの方へ進んで行った。

うそだろう。断れよ。

うろたえる僕の前を素通りして彼らはそれぞれ好きな場所に腰掛ける。

朝と違ってきびきび動く母親と、初対面なのに平然と他人の家に上がり込み、楽しそうに笑っている瑞慶覧一家に僕は何も言えずにただ傍観していた。

僕は母のそばに寄り、小声で囁いた。

「母さん。おかしいよ。お詫びに来ただけの人間をなぜ家に上げるの」

「イチャリバチョーデーだよ、春太」

その意味は僕の翻訳機能をもってしても理解できなかった。わかりたいとも思わない。

気がつけば僕は一番後ろに追いやられ、テーブルとソファは彼らに占領されていた。

夕飯のおかずは海老の天ぷらとサラダ、豚のアバラの煮付けがのったソーキそばという沖縄料理だった。母はまず子供達の分を先によそい、次に大人用のつまみを作り始めた。

正則の父親はテレビがよく見える一等席に腰掛けて偉そうにビールを飲んでいる。母親は加齢による副産物が目元に少しついているがそれを除けばわりと美人で正則にはちっとも似ていない。

父親とは対照的にまったりとやさしい言葉遣いをする。

「ゆっくりでいいからねえ。たくさん食べないといけんよう」

強烈な訛りは息子よりも重症だが相手の顔を見ながらゆっくりと話す自然な感じは好感が持てた。

勿論この顔ぶれの中だけの評価だ。

だがやはり血は争えない。僕も母も初めて会ったのに既に呼び捨てにされている。

「春太。これもあげようねえ」

正則のお母さんは自分の汁椀に入っている肉の塊を箸でつまんで僕のお椀に放り込んだ。

ちゃぽんという音がしてその肉は透明な汁の中に沈んでいった。

「ええっー」

僕は口を半開きにしたまま正則のお母さんを見つめた。

「春太。遠慮しないでたくさん食べなさい」

ここは僕の家なのだから遠慮するはずはないが普段とは違う騒がしい空気の中、繊細な僕は食欲も半減していた。ソーキそばだけが唯一完食できそうな一品だったのに。

比嘉春子にも大いに言えることだが人と接する時に一線を引かないこの人達の悪しき慣習は

ある意味病気だ。

南国オーラを体いっぱいに纏って人の家に乗り込み、僕に不快な思いをさせていることに誰一人気がついていない。僕はやっぱり沖縄が苦手だ。この先も彼らは僕の聖域に少しずつ入り込んでくる気がしてならない。

瑞慶覧正子と比嘉春子は今後親交を深めていく約束をし、老眼鏡をかけて目をしばしばさせながらお互いのラインアドレスを登録していた。

僕が最も避けたかった事態がここで起こっている。

この先、僕は毎日のように瑞慶覧正則を通じてゴーヤをバスの中で受け取らなくてはならなくなるのかと想像しただけで気が重くなった。

子供達の前にはそれぞれのご飯と味噌汁とおかずを取り分ける小皿が置かれている。

「天ぷらとサラダは大皿から自分で取って食べなさいさあね」

母が声をかけると彼らは海老の天ぷらに勢いよく喰らいついた。

「一人二本だぞ」

五分狩り頭の次男が弟と妹に釘をさした。

最後に一本だけ大皿の上に海老の天ぷらが残った。

次男はジャンケンしようと持ちかけたが三男は

「いやだ」と言って天ぷらに手を伸ばす。

それを次男が取り返そうとして取っ組み合いのけんかが始まった。

「やめんかっ、フラーが」

二人は父親に襟首を掴まれ、庭へ放り出された。

二人が必死でテーブルに戻ろうともつれ合っているその間に一番下の妹がもみじの形をしたパンパンの手に海老の天ぷらを持っている。

彼らがテーブルに戻ると大皿の上には海老のシッポが一つ、ちょこんと乗っていた。

妹は何食わぬ顔で味噌汁をすすっている。

二人は残りの海老を食べたのは父親だと思い込み、それについては何も触れなかった。

わかめちゃんカットのよく日焼けした小さな女の子がもぐもぐと口を動かす様子を見ているうちに僕は不覚にも顔がにやけてしまい、思わず声を上げて笑ってしまいそうになった。

母が僕の緩んだ口元を見ながら、吹き出した。その視線に気がついた僕はまた顔を強張らせ、「ごちそう様」と言って自分の部屋に向かった。

閉じようとしても歯がむき出しになってしまう口元を僕は手で覆いながら急いで階段を駆け上がった。あんな絶妙な展開はなかなか見られるもんじゃない。

気分転換にたまに見るお笑いのＤＶＤだってあんなにうまく構成されていない。

たかだか海老天一本くらいであんなに痛い思いをしてまで奪い取りたくなるものだろうか。

一人っ子の僕が知らなかった景色。それを覗いてしまった僕は不本意にも久しぶりに笑ったことに気が付いた。

あれが日常であるならば正則が無神経な男になってしまったことも理解できなくはない。僕とは生活も家族構成も何もかもが違う。

一階のリビングからは比嘉春子と瑞慶覧正子の楽しそうな笑い声が聞こえてくる。

自分の部屋に入り、深呼吸をするために窓を開けて上を見上げた。空には雲が少しかかり、星がぼやけて弱々しく光を放っているのが見えた。

風が心地よい。寒くもなく暑くもない。

僕が季節を体で感じたのは随分久しぶりの事だった。

少なくとも高校に入学してから、僕の中にある暦は塾のスケジュールと期末テストで構成され、僕の体感する季節というものは草木の色も空模様も存在しなかった。それぐらい僕の頭の中は休みなく勉学のみで埋め尽くされていた。

フルサワマユ…。

どんどん霞んでゆく月を見ながら胸が苦しくなった。

ポツリと小さな雨の雫が僕の額に命中した。

いけない。

そろそろ勉強モードに頭を切り替えなければ。

窓を閉めると同時にコンコンとノックする音がして
「春太。入るよ」

まだ返事もしていないというのに正則は勝手に入ってきた。

「いいなあ一人っ子は」

ほんの数時間前に僕に絶縁宣言されたことなんかまるで覚えていないかのように正則はつかつかと入り込み、僕の部屋を隅々まで見渡したあと僕の顔を見た。

窓を閉め、僕が自分の勉強机に腰掛けると正則はフローリングの床の上に引かれたマットの上に胡坐をかいて座った。

「春太。今日は本当にごめんなあ。俺もこれからはあんまりしつこくしないから怒らんでまた仲良くしてくれたら嬉しいさあ」

僕は何も答えずに横を向いた。

「まいったさあ。昨日の話を弟たちに言ったら父ちゃんにいいつけよったさあ。父ちゃんにでーじ怒られた。父ちゃんはいつもそうさあ。弟が野球やって近所の家のガラス割って逃げて来た時もみんなで謝りに行ったばーよ」

今時野球ボールでガラス割った話って。

カツオ君みたいな弟だ。

あの妹の顔がじわっと浮かぶ。

僕は吹き出しそうになったが正則の方を見ないようにして必死で耐えた。

「弟も妹も明るくて元気だけど内地に来てもすぐには友達はできんさー。まだ学校では友達できないから俺がいつも遊んであげているばーよ」

正則は同じクラスの男子たちから部活を一緒にやろうと誘いを受けていたがそれを断り、あえて帰宅部を選択し、僕と同じバスに揺られてまっすぐに家に帰っていく。たぶん家で弟や妹の遊び相手になってやっているのだろう。

誰かのために自分を犠牲にするという馬鹿げた行為は僕には理解不能な事で、たとえそれが身内であったとしてもそれはその子達の未来にどれほどの利益をもたらすというのか。自分が失った時間とその子達が得た利益を秤にかければどちらが重いというのか。僕なら迷わず自分を優先する。

正則は少しも疑問を抱く事もなく、苦痛に感じることもなく今日まで過ごしてきたのだろうか。

「雄太と翔太はがちまやーだから夕飯の時いつもおーえーしてる」

「桃子は一番下だから父ちゃんが甘やかして言う事聞かんからよ。母ちゃんによくすぐられてるさあ」

「父ちゃんと母ちゃんは二人ともたんちゃあさ」

この時点でも僕はほとんど言葉を発していないというのに正則はかまわずに一方的に話を続けている。

弟二人は食い意地が張っているから夕飯の時にはいつもけんかをしていて妹は父親が甘やかしているので母親にはよく叩かれていて、両親は二人とも短気だそうだ。このレベルなら僕の翻訳機は難なく仕事をこなす。

「春太、ずっとお母さんと二人。お父さんは?」

決してオブラートに包んで遠まわしに聞くような真似はしない。

母子家庭で父親の事を尋ねるのはタブーでそれをやっていいのは相当親しくなってからだ。

「ああ顔も知らない」

ここが学校ではないからだろうか、僕は不思議とそれほど嫌な気分にはならず、正則の質問に普通に答えていた。大切な勉強時間を数分なら割いてやってもいいだろう。少なくても正則は僕に詫びるためにこの部屋に入って来た。

「あのさ、ひとつ聞いてもいいか」

「何でも聞いていいさあ」

「何でそんなに僕と仲良くしようと思うんだ。他にいっぱいいるじゃんクラスメイト」

正則はにやっと笑って「待ってました」というように僕のそばに近づいた。

もしかして僕は地雷を踏んだのか。正則はこれから語りに入るぞというように得意げな顔で口を開いた。

「春太、俺たちは兄弟だ。同じ沖縄の血が流れているからだ。俺は嬉しかったよ。同じクラスに比嘉春太がいたこと」

「ふーん。僕には理解できそうもないな。悪いけど」

「兄弟って事は同じ先祖なんだ。沖縄のご先祖さまはすごいさあ」

正則は鼻の穴を膨らませながら話す。

僕は少し意地悪な質問をしてみた。

「確かに。一二九六年に六百人もの元寇が攻め込んできた時も琉球人は一致団結して敵を上陸すらさせなかった。ところでその時の敵の皇帝の名前、なんだっけ」

「えっ。うーん。あー」

正則は必死に考えるふりをしているが彼にわかるわけはない。熱意と知識は別ものだ。

「一三五〇年に中山王になり向かうところ敵無しの勢いだった察度王は夜中に寝込みを襲われ

て左腕を切断したんだよな。襲ったのは誰だったっけ」

「うーん、そうだなあ、織田信長かなあ。わからんさあ」

そう言いながら正則は首を回したり足をバタバタと動かし始めた。まるで集中力の欠如した園児みたいだ。

「勉強なんか大嫌い」と背中に書いてあるぞ。

だけど相手を納得させるにはそういった知識が必要になる。もっと学問に力を入れたほうがいいぞ、サル。僕は心の中で失笑した。

それよりそろそろ帰って欲しいということを彼に伝えたくて仕方ないが彼は自由奔放に僕の部屋を歩き回る。

「もう、勉強したいから帰ってくれよ」

声に出して言ってみたが返事はない。

「ああー、この子、かわいいよな。福原遥」

正則はいきなりデスクトップのスクリーンの背景の写真を見ながら大声を出した。

「見るなよ」僕は慌てて画面を終了した。

「しにかわいいやっさあ」

好きなタイプがかぶるなんて正直言って面白くない。僕はスクリーンをくるりと反対側に向けた。

「二組の古沢麻友ちゃんってこの子に似てるよね、どっちもかわいいなー。最高さあ」

「えっえっ、なんで」

その名前を聞くだけで僕はもう顔面が紅潮し、声が裏返るほどに動揺した。

「あっーえー。春太。そうなのかあ」

正則は僕を指差して得意げな顔した。

「ちがう。ちがう」僕は必死で叫んだ。

「春太、俺協力する。古沢麻友ちゃんと春太が付き合えるようにする。なっ、春太。頑張ろうぜ」

実に単純で浅はかな発想だが「付き合う」というニュアンスだけで僕の体を温かい血液が流れ出すのを感じた。薄いブルーのマットの上に赤いものがポタッと落ちて深く染み込み、小さな点になった。

正則は嬉しそうに僕を見る。たぶんこいつはこう言いたいのだと思う。

「安心したよ。君も普通の高校生だね」

気がつけば正則のペースで話が展開し、僕は赤面しながら横を向いたままだんまりを決め込んだ。

十一時頃になって瑞慶覧一家はすっかり寝付いた下の二人を両親がそれぞれ抱きかかえて帰っていった。後に残ったのは山のような洗い物とそれを嬉しそうにかたづける小太りの母親だった。

この日彼らの滞在時間は四時間、僕の勉強の時間はわずか一時間だけだった。

翌朝目覚めて僕の視界にまず入り込んできたのは白いフレームの中で首をかしげ愛らしく笑う福原遥の写真だった。

ヘアスタイル、口元、ツルツルの肌。古沢麻友の顔しか浮かんでこない。僕はその写真を伏せ、いつものように支度をし、朝寝坊の母親を起こすために自分の部屋を出た。

いつも通りの朝なのに僕はなぜか少しばかり足取りが軽かった。

失恋、けんか、寝不足。昨日はそんな事ばかりの一日だったのに僕の肩は憑き物が剝がれたように軽かった。

昨日の夜、僕の家に上がり込み、夕飯まで平らげていった瑞慶覧一家が僕の心に置き土産でもしていったというのか。

ありえない。

僕はそんな単純な男ではない。

勿論鈍感な母は何も気がつかない。

その日の放課後は二週間後に控えている体育祭のリレーのメンバーを決めることになっていた。

毎年恒例の事でクラス代表に選ばれるメンツはほぼ同じ顔ぶれが並び、そこでは当然僕の出番はない。クラスから男女それぞれ六名づつ、代表が選ばれる。どのクラスもアンカーの枠にはほぼ全員陸上部を入れてくる。うちのクラスには陸上部員が一人もいないため毎年アンカーを誰がやるかで揉める事になる。

強豪の中に一人だけ混じって走りたいやつなんかいるはずがない。特に男子は往生際が悪く、必ずと言っていいほど押し付け合いが始まるのだ。女子はジャンケンでさっさと決めてしまったというのに。毎年このクラスから誰か一人代表してさらし者にならなければいけない。

案の定、転校生してきたばかりの正則に白羽の矢が立てられた。正則なら恥をかいてもそんなに深い傷は残らないかもしれないが、みんなにおだてられている姿を見ているうちに僕は無性に腹立たしくなってきて、もう決定してしまった後だったがホームルームの後に正則に忠告した。

「やめとけば？　恥かくぞ」

正則は嬉しそうに
「春太が心配してくれるならやめとーこーねえ」と言った。やっぱりこいつただの馬鹿かもしれないと思いながらも何も知らない奴にいきなり恥をかかせるのは僕のポリシーに反する。

別に正則に特別の親近感を持ったわけではなく、昨日の一件があったからといって彼との距離が縮まったわけではない。

僕はそれ以上助言はしなかった。

体育祭の日がやってきて、グランドの真ん中あたりでは各クラスの代表が一列に行進を始め、スタートラインへ向かう姿が見えている。

どのクラスが勝とうが僕にはどうでも良いことなのにみんなと声を合わせて声援を送らなければいけないのはかなり苦痛だ。出来れば教室に残って受験勉強をしていたかった。

このクラスの代表選手の男女合わせて十二人がテントで作った控え席を離れ、そこが空席になった事で僕の回りはだいぶ静かになった。

でも何かおかしい。さっきまで応援合戦の中心になって指笛を吹いていたあのサルの気配までも一緒に消えたように思えた。

「春太ー。やっぱり誰も出られんって言うから。俺走るさあー」

選手が行進している列の中から声が聞こえてきて、そこに目をやると真っ黒に日焼けした顔で歯だけをむき出しにして手を振っている正則の姿が見えた。

「うわっ」

僕は両手で顔を隠してため息をついた。

「やっぱり馬鹿だあいつ。しらねえぞ」

僕と彼は友達でもないが、クラスメイトとして一度はやめるように忠告したはずだ。惨敗しないように祈ってやるがもうここから先は知らないふりをするだけだ。

女子の競技が終了すると男子のトップバッターがスタートラインに綺麗に一列に並び、ピストルの音が一発、空に向かって大きく響いた。

第一走者から始まって第二走者へ、第五走者にバトンが渡るまではあっという間だった。

うちのクラスは五位、ビリから二番目だった。

スタートからその順位なら別にアンカーがビリでゴールしても誰にも責められる事もなく、大して恥をかく事もないだろう。

トップで走って来たのは古沢麻友のクラスでバトンはそのまま最終走者の陸上部員、河合という男に渡された。

二組の応援席を覗くと古沢麻友の横顔が見えた。

彼女は汗をかきながら必死に大きな声を出し、河合を応援していた。

「河合くーん。河合くーん」

足の速い男は魅力的だ。彼女の視線は河合しか見ていない。

古沢麻友を見つけた途端、封印していたネガティブな僕がまた現れた。

全身の力が抜けて行く。僕は二度フラれたことになる。

彼女の事はもうきっぱり忘れて勉強に集中しようと決めていたのにまた今日も彼女の姿を大勢の中から探し出し、わざわざ傷口を広げている。

いつもくだらない事をしてふざけてばかりいる同学年の奴らをガキだと見下していた僕でも古沢麻友の前では相当だらしない男になってしまう。

足が速くてイケメンなんだからしょうがないよ。

学力一本で勝負するのはかなりきつい。

学力テストの結果が貼り出された日の僕はいつも羨望の眼差しを浴びてきたのに体育祭の時は日没扱いされている。

しょうがない。

しょうがないよ。

諦めろ。古沢麻友の事は諦めろ。

このままでは僕が学年トップの成績を維持するために頑張ってきた事が何の意味も持たなくなってしまう。

僕には勉強がある。

もう本当に忘れてやろう。

僕は頭を横に三回大きく振り、古沢麻友を脳味噌から放出した。

いや、古沢麻友が住んでいたのはきっとここら辺だ。

僕は左胸を強めにポンと叩いて古沢麻友を追い出した。

顔を上げてグランドの選手たちに視線を戻すとちょうど正則がうちのクラスの走者からバトンを受け取っているところだった。

「がんばれーサルー」

自分でも驚いた。

僕は腹の底から野太い声を張り上げ、正則に声援を送っていた。正則のスタートより僕の大声にクラス全員の視線が集まった。

「比嘉君。大きな声出るんだ」女子がくすくす笑っている。よもや古沢麻友への思いを吹き飛ばしたいがために思わず出た大声だったなんて誰も知る由もなく、僕は俯き、またポーカーフェイスを装った。

前代未聞の事件が起きたのはそのすぐ後だった。

六位でバトンを受け取った正則は一人を追い抜き五位に上がった。相手は陸上部員という事もあって一人抜いただけで応援席は大いに盛り上がった。

「やったぜー今年はビリじゃない」

ところが次の瞬間、正則はまた一人抜き四位に上がってきた。声援はさらに膨れ上がった。

こうなると誰もが思ったのは
「もしかして。まさか…」

さらに正則は三位と二位を軽々と抜き、あの河合の真後ろにぴったりとついた。

ゴールまであと五十メートル。イケメンの河合が必死で逃げ切ろうとしている顔を見た時、僕はまた思わず
「がんばれーサルー」

と叫んでいた。

この時点では周りの盛り上がりは最高潮に達し、僕の声はその中に呑まれ、さっきみたいに一際目立つという事はなかった。

次の瞬間、正則が河合の真横についた。

二人の姿が一本の縦線のように重なった。

「すげー。ズッ君すげー」

コースを全力で走るサルに全員が引き込まれ、応援は更に熱を帯びる。

そしてこの僕もいつの間にかその姿に釘付けになり、まるでグラウンドには正則と河合の二

人しか存在していないように思え、その周りは擦りガラスを通したみたいに何もかもがぼやけていた。

小さな伏兵は風を切って走り、学校中を湧かせ、みんなに夢と希望を与えている。

ゴールまで後十メートル。

空気も歓声も二人の肩越しに見える校舎も3D映画のメインキャストを盛り上げる脇役に過ぎない。

両手をあげながら勢いよくテープを切ったのはイケメンの河合ではなく足の短いサルだった。

さらに正則は二位でゴールした河合の目の前でいきなりバク転をして見せた。河合の苦痛に歪んだ顔を見て僕は大きくガッツポーズをした。

歓声はさらに大きくなる。

正則が笑っている。正則がみんなの視線を浴びながら大きく手を振っている。

嬉しかった。

何故だろう。

僕は単純に嬉しかった。

何故なんだろう。

一位の札を持った体育委員が正則を出向かえ、白線の前に並ぶよう誘導したが正則はそれを振り払い、ゴールした時のテープを体に巻きつけたままこちらに向かって全力疾走してきた。

頭上にはスカイブルーの空。

鳴り止まない拍手。

その珍名はきっと伝説になる。僕は詩人となり、サル顔のヒーローを讃える。

僕が絶縁した男が英雄だなんて。

もっと驚くべきことは学校の行事になんの興味もなかったこの僕がすっかり引き込まれてしまったことだった。

正則はクラスメイト全員の間をあっという間にすり抜け、僕を見つけると体ごとしがみついてきた。

「春太。僕頑張ったさー。応援ありがとうねえ。おめでとうだーるね」

やっぱりサルはサルだ。全く空気が読めていない。

正則をハイタッチで迎えようと高く上げていたクラスメイト全員の両手はゆっくりと下ろされた。

気がつけば僕らの周りは大金星を上げた珍獣を一目見ようと集まってきた野次馬で人だかりの山になっていた。

その中の一人に古沢麻友もいた。

負けた河合を置き去りにしてこの珍獣を見ようという他の女子たちと一緒にこっちに向かって歩いてくる。

古沢麻友が応援していたのは思いを寄せている河合ではなくてただのクラスメイトの河合だったんだと僕は確信した。古沢麻友は笑顔で僕らを見ていた。

古沢麻友の視線をもっとこちらに向けるために僕はなるべく長く正則との時間を共有していようと決めた。

正則は僕の頭を撫で回したり僕の手を取って小躍りしたり、やりたい放題のパフォーマンスを繰り広げていたが僕はされるがままにじっと耐えながら、横目で古沢麻友の様子を伺った。

正則が僕の手を取り、僕らはグルグルと回り始めた。

「万物はすべて回っている」

トルコの思想家メブラーナの言葉だ。

君にはわからないだろうが。

正則、僕は今何故かすごく楽しいよ。

これを機に僕と正則は同じバスに乗り合わせる事はなくなった。

正則は陸上部の顧問に職員室に呼ばれ、陸上部に入部させられたのだ。

勉強の邪魔をしないなら友達になってやってもいいと決めた矢先の事だった。

一二九六年に琉球に攻め込んできた敵の皇帝は「フビライ」だと教えてやろうと思ったのに。

ある日、塾を終えて帰宅しようと駅に向かっている途中で母からラインが届いた。

「大事な話があるから寄り道しないで早く帰ってきて」

母の大事な話はいつも唐突に切り出される。

「ライブにいくから。韓国三泊四日でね」など僕にとってはどうでもいい内容であることが多い。

「僕はもう子供じゃないし、大黒柱はあなただから好きにすればいいじゃん」

母が自分の時間を謳歌することには大賛成だった。

だから事後報告で正解だと思う。

帰宅すると僕はすぐにテーブルに座らされた。母はいつになく深刻な顔をしていた。小太りの体には不似合いの憂いを含んだ表情でこれから切り出されるのは間違いなく僕らの未来を脅かす重苦しい話なのだろうと思った。今まで母がそんな顔をした事は僕の記憶の中には一度もないからだ。どんな内容だろうがちゃんと受け止めて「一緒に解決して行こうよ」くらいの事は僕にだって言える。僕はこう見えたって男なんだから。

職場が倒産したから家を売りたいとか。

顔も知らない僕の父親が十七年ぶりに現れたとか。そんなところだろう。正直言ってこの時の僕はもったいぶってなかなか本題を切り出そうとしない母に

「面倒臭いから後でもいいかなあ」

と言いたくなるほど母の大事な話など無関心だった。

その程度の事であればどんなにかよかっただろうか。

僕は空っぽになった麦茶のコップを持って立ち上がり、冷蔵庫のドアを開けた。

「乳癌が見つかったの。明日検査をしてすぐにでも手術をしないといけない」

「えっ」

母の言葉はこの狭い空間の中ではなく、どこか遠くから放たれたような異質な音に聞こえた。

「悪性だって。進行もしている」

その先を聞く勇気が僕にはない。

母が少し間をおきながらゆっくり話すその気配りさえも僕には恐怖だった。数秒たってから、背中の真ん中をナイフで裂かれたみたいに体に電流が走り、一瞬痛覚と分離したその部分がいきなり発熱し始め、最後に強烈な痛みがやってきた。いきなり襲いかかってくる通り魔ってたぶんこんな感じだ。僕は驚くより先に逃げ道を探し始めた。

母から目を背け、手にした麦茶を注ぐ事も忘れて家の明かりがいつになく薄暗い事をありが

たく感じていた。

その病気について何も知らなくはない。

乳房にしこりができ、それは早めに取り除ければ多くの人が完治して通常の生活を支障なく送れる。だが母ははっきりと口にした。

悪性で進行もしていると。

とっさに自分の部屋へ逃げ帰ろうとすると母は大声で僕の名を呼んだ。

「春太っ」

母の怒声を聞くのは滅多にない事だったが、リビングに響き渡るほどの大声を聞いても僕の中にさほど驚きはなかった。

そんな恐ろしい病名を聞かされた後に母の怒声など驚くに値しない。

「待ちなさい、春太。ちゃんと座って聞きなさい」

母はＡ４サイズの茶封筒の中から生命保険の証書と親戚や友人の住所氏名が書かれた便箋を取り出して僕の前に置いた。

その横に置かれていたのは何冊かの分厚いファイルだったがおそらくそれは家屋の権利書だと思われる。

母親の手が小刻みに震え、その書類は母の遺言に思えてきて僕は直視する事ができなかった。

少しづつ頭痛がしてきて鼓動も早くなってきた。

突然に僕の頭上に降ってきた死という文字。

耳も目も口も全てを覆い隠してここから逃れたいと僕はもがいた。

なんとか自分の身を守ろうとする僕の頭上から母は傘を奪い取って遠くへと放り投げた。

母親の顔がゆらゆらと揺れて見え、外からは少し風の音が聞こえてきた。

ここはいつも二人でご飯を食べているリビング。

同じ場所なのにとても不気味だ。

遠い場所で遠い人と話しているような不思議な感覚だった。

母はさらさらと語る。

買い物の帰りに僕にアイスを買って「はい、食べなさい」って手渡した時みたいだ。

高いゲーム機の本体を無理して買ったのにさらっと手渡したあの時と同じ顔をしている。

母さん、やめてくれよ。

いつも強気の発言ばかりしていても本当はかなりの小心者だって母さんが一番よく知っているくせに。

今目の前に置かれているＡ４サイズの茶封筒にも、あの時僕のために無理して買ってくれた高いゲーム機にも同じくらいの目方の愛情が込められていると言われても。

僕は本当に困る。僕はその先を聞きたくない。

恐怖から逃れたがる子供のように僕は目を逸らしたままトイレに駆け込んだ。子供の頃の僕は怖い事やびっくりする事に遭遇するとすぐに小便を漏らしてしまう意気地なしだった。

十七の僕が今、その姿をそのまま再現している。

「うそだ。急に何だっていうんだ」

僕は狭苦しい小さな箱の中で母という怖い鬼から身を隠し、今聞いた恐ろしい話をなかった事にしようと耳を塞ぎ、トイレの中で鬼が通り過ぎるのをじっと待った。

理不尽な理由で怒られても時には仕事を優先にして僕を無視しても僕は母を憎いと思った事は一度もなかった。

僕と母との間には駆け引きのない無償の愛というものがいつも存在していた。

勉強に夢中になって友達と呼べる存在が一人もいなくても僕が一度たりとも淋しいと感じなかったのは母がいたからだとわかっていた。

僕に病名を告げたのは鬼の面を被った母。

その鬼に食われようとしているのも母。

助けてやりたいのに足が竦む意気地なしの自分。

どうしよう……。

大人に近づいた僕が一番恐れていたもの。

それはたった一人しかいない肉親との別れだ。

母はまだすべてを語り終えていない。

聞いてあげるのは僕しかいない。

僕らは二人で生きてきたのだから。僕が逃げたら誰も母の話を聞いてやれる者はいない。

僕はテーブルに戻った。

大丈夫。落ち着いて聞こう。

「母さんに何かあったらまずここに連絡して。あんたは生まれた瞬間からこの家の長男なのよ。長男の役割がどれほど重要かあんたには話した事あるわよね。母さんに何かあったらあんたは沖縄の親戚の人たちと関わりながら色んな事を教わって事を進めていかなければいけないの。だから今逃げたらこの先一人になって何もできない人間になってしまうのよ。しっかりしなさい」

母は僕から目を逸らしてくれない。

僕は静かに頷いた。

「喪主はあんたが務めなさい」

一旦落ち着きを取り戻していた僕の心臓だったがその一言を聞いた途端、体中のすべての内臓が恒常性を保ち続ける事がもはや不可能になった。

僕は再び耳を塞ぎ、そのまま外へ飛び出した。冷たい風の中、僕は全力で走った。

家の前のバス停、薄暗い街灯、酒屋の店先の空き瓶、見覚えのあるものたちが僕に道を作り、
僕を逃がしてくれる。

逃げろ。逃げてしまえ。

もしかしてさっきの出来事は幻かもしれない。

走って走って鋪道にある障害物を蹴散らしながら、僕は逃げ続けた。

目玉にも半開きの口の中にも無防備な首周りにも風は容赦なく入り込んでくる。

母を置き去りにするつもりはなかった。

ただほんの数分間、現実逃避をさせてくれ。

一瞬だけ子供だった頃の僕に帰る。

都合が悪くなるとすぐ逃げだした弱虫の僕に。

助けて誰か。

母さんをではない。僕は僕を助けてと叫んでいた。

三日月が僕を笑う。

星も霞んで見える。

一時間経っても二時間経っても僕の足は家の方へと引き返す事はできなかった。こんなに歩いたのに十七歳の自分に戻ることができずにいる。人を見下し、人生を成功させると言った自信過剰な自分に僕は戻れない。

バス通りの鋪道沿いのガードレールをなぞる様にして母のいるあの家からできるだけ遠ざかろうとどんどん急ぎ足になる。

回れ右。戻れ。

戻って母さんの話をすべて聞け。

戻れ。弱虫。

お前の母親は暗い部屋で一人待っている。

戻れ。

弱虫。

視覚や嗅覚や聴覚はこんな時でもちゃんと機能している。家の明かり、鳩の糞の匂い、酔っ払いが歌う演歌のような唄。いつもなら不快に思えるものたちが自分の隣にいてくれるような気がして僕はそこに都合よく溶け込み、意図的に飽和状態を創り出そうとしていた。

小さな居酒屋風の店の中から聞こえてくる大人独特のくどい唄いまわしが胸の辺りにぐっと入り込んできた。

物悲しく切なく世の中の不条理を空気中に浮かせ、ゆっくりと漂いながら僕の耳に届いた。

「帰らなきゃ」

暖簾代わりの赤ちょうちんが両サイドにかかったその店の前を折り返し地点にして僕は自分が何をすべきなのか歩きながら考えようと思った。

「春太は強い子だけど無理はしすぎてはだめよ」

母にそう言われたことがある。今もきっと心配して待っているはずだ。

ゆっくりと体を回転させた。

答えが見つかるまでじっくり考えよう。歩きながら考えよう。いつもそうしてきた。

赤ちょうちんが揺れている。かなり肌寒い。まだ制服から着替えていなかったことに気が付いた。身を縮め、両腕を擦っていると
「あれ、春太。どうしたの」

ふいに正則の声が背中で聞こえた。

「・・・・」

言葉が出てこなかった。

「何でそんな顔をしている。何でも言え。俺は友達さあ」

相変わらずくったくのない笑い顔だった。

僕の一大事に。こいつ…。

「春太。うちの店、あそこだからコーラでも飲んでいけ」

正則は赤提灯の店を指差した。

「・・・・」

母さんが死んでしまうかもしれない。僕は一人になってしまう。

怖くて口にする事が出来ない。

僕は正則の右肩を力いっぱい掴み、下を向いて精一杯涙をこらえた。正則は黙って僕の背中をポンポンと叩いた。次の瞬間、僕の目から洪水のように溢れ出した涙は通り雨でも来たかのように正則の肩をびっしょりと濡らした。

漏らさないように固く閉じていた涙腺の蓋がとれた途端、鉛のような塊が肩からポロリと落ちるのがわかった。

「母さんが、母さんが大変なんだ」

息が荒くなり胸の辺りが苦しくなった。過呼吸のような症状に陥り、僕はその後話すことすら出来なくなった。

「あっ、あっ、あの」

呼吸をするたびに雑音が発生してうまく話すことができない。

「春太。落ち着いて。大丈夫だから。ゆっくり話せばいいさあ」

僕はそのまま正則に腕を持たれ、赤提灯の店の中へ連れて行かれた。

蛍光灯の明かりが眩しく、部屋中に蔓延しているタバコの煙と調理場の方から放たれる肉の焦げたような匂いで僕はますます息苦しくなった。

低いパイプ椅子に座り、正則に背中を摩られているうちにだんだんと呼吸が正常な状態に戻ってきた。

顔を上げると正則のお父さんと常連客らしい男の人たちが五人くらい座って酒を飲んでいるのが見えた。三線を持った初老の男が沖縄民謡を歌い始め、他の男たちは立ち上がって踊りだし、僕を誘った。

僕が椅子を少し後ろに体を下げて拒むと一人の男が近づいてきて僕にシーサーのストラップをくれた。

使い古しのくたびれた細い紐に頭のてっぺんを繋がれたシーサーは口をがっと開き、勇ましい目で僕を睨みつける。

まるで意気地なしの僕を責めているようだ。

今度は正則のお父さんが僕のそばに近づいてきて僕の両肩を持ち、僕をゆっくりと立ち上がらせた。

シーサーの何十倍も迫力のある顔だ。

そしてその男の硬い拳で僕はいきなり右頬を殴られた。

「お前はそれでも男か。なますぐけーりや。男ならお母さんを守らんか、フラーが」

「痛っ」

僕は拳で殴られた頬を押さえながらうずくまった。

手に持っていたコーラを放り投げ、正則が飛んできた。

「父ちゃんやめれー、俺の友達、殴るなあ」

正則は父親に体当たりで向かっていった。

「やーはあびらんけえ」

意気消沈している上に殴られた僕を差し置いて親子は大声で言い争いを始めた。父親は正則の喉を持ち上げ、床に叩き付けた。正則はもう一度起き上がり父親に向かっていく。

「父ちゃんにはまだまだ勝てんさあ。ワラバーが」

周りの酔っ払い達は笑いながら正則をからかっている。

こめかみの辺りから血を流し、正則は顔を歪めて血を拭っていた。その姿をみているうちに僕の中で、正則に加勢してやりたいのと無性に大人を殴ってやりたい気持ちが沸き起こってきた。

僕は立ち上がり、揉みあっている二人の中にたまらず飛び込んだ。

「正則ー。うわー」

叫び、泣き、僕は夢中で正則の父親の肩や背中を殴った。

正則の父親の体は中年の親父にしては鉄の塊のように硬く、それは僕が今まで一度も触れた事のない大人の男のがちがちの肉体だった。

何度叩いても何度蹴り上げてもびくともしないその体に向かって僕は憎しみや怒りや悲しみ、僕が十七年間、誰にも見せなかった、そして僕自身さえも知らなかった苦しみをすべて吐き出した。

僕の頭を鷲づかみにして振り回した毛深くて真っ黒なその手に噛み付きながら僕は薄っぺらい光沢仕上げの写真の中で笑っている父親の顔を思い浮かべていた。

制服のシャツが破ける音。

吹き出る鼻血は壁に飛び散った。

ぐちゃぐちゃになった店内の端っこの木製のテーブルの上に正則が勢いよく飛ばされた。壁に顔を思い切りぶつけ、

「痛い痛い」と騒いでいる。

僕はこの時、怖がることも躊躇する事も忘れ、ただ目の前のターミネーターを倒す事だけを

考えていた。

正則の父親の硬い体を必死で殴りながら、大声で罵声を浴びせた。

「お前が悪いんだ。お前のせいだ」

僕の友達をボコボコに殴った男に。

十七年前僕らを捨てた父親に。

たった今母親から逃げてきた自分に。

罵声を浴びせ、殴り、消そうとしていた。

最後に二人まとめて外へ放り出され、僕らは店の前にまるで荷物みたいに転がされた。

「ワラバーは元気だーるね」

酔っ払いの中の一人がそういって僕らの靴を外へ放り出して入り口の戸を閉めた。正則も僕も顔にたくさんの傷ができている。

もう一度入り口の戸が開く音がして
「はい、忘りとんど。シーサー」

酔っ払いが僕の額の上にさっきの騒動で紐が切れたストラップを乗せ、大笑いしながらまた店の中へ戻っていった。

僕らは起き上がることもままならず、店の入り口の脇で大の字になったまま息をきらし、空を仰いだ。

「春太、大丈夫か」

「平気。正則より傷は少ない」

「違うさあ、お母さんの事さあ」

僕は深呼吸を一つしてから答えた。

「大丈夫。今から帰ってちゃんと話を聞く」

「そうか頑張れ」

空を見ながら母の顔を思い浮かべてみた。

目は大きい。鼻は低い。眉毛は垂れて口は小さい。小動物のように面白い顔をしている。

母さんが死ぬわけない。

僕ははっきりと確信した。

僕らはどんな時も二人で生きてきた。

口を聞かないこともよくあったしひどい事も言った事もある。

だけどひとつだけはっきりとしている事がある。

僕があんなに必死に勉強したのは母さんが喜んでくれたから。

僕は自分がやるべきことを知った。

正則は別れ際に
「春太、ごめんなあ。わんの父ちゃん、乱暴で」と僕に誤った。

「ああ。でも強えな。二人でもぜんぜん勝てない」

僕は笑って答えた。

死ぬほど殴られたのに。

これから母親と重苦しい話をしなくてはいけないのに。

僕は正則に笑いながら手を振っていた。

正則の肩越しに「沖縄料理」と書かれた赤い提灯が風に揺れていた。

僕はここに泣きに来たのかもしれない。

あるいは僕はここに何かを捨てに来たのかもしれない。

いずれにしても僕は一人でこの道を引き返さなくてはいけない。

敗れた制服のシャツを脱ぎ、腫れ上がった右の頬をさすると奥歯にズキっと痛みが走った。

シャツのボタンは全部取れて無くなっていた。

恨みも悔しさもない。

今夜の僕は好青年だ。

乱暴にボタンをもぎ取られ、無理矢理心の扉を開かされた僕の足音がアスファルトの上に響いては車の音にかき消される。

母さんはきっと明日も寝坊する。僕が起こしてあげなくてはいけない。

いつものように。


母が乳癌の摘出手術を受けたのはそれから三週間後の事だった。

摘出されたポリープを検査してみないと癌細胞の性質がわからないと医師から説明を受けた。たちの悪いものであればリンパや肝臓に転移する確率が高いと告げられた。

僕はもし最悪の結果が出たとしても母には告知せず、一人で受け止めようと決めていた。

余命宣告などが言い渡されたとしたら、母はきっと気落ちして病気に負けてしまう。僕が小さかった頃、さらりとした顔でアイスやおもちゃを手渡した母と同じように、僕もさらりと嘘をついてやろうと決めている。

「母さんみたいに脳天気な人は絶対死なないよ」と笑いながら言ってやる。

そして母さんの苦手な哲学的な話もしてやろう。

聖書にこう書かれている。

「神様は乗り越えられる試練しか与えない」と。

僕は最近毎日のように母を見舞いに行っている。

同部屋の入院患者は僕の事をマザコン扱いし、僕が部屋に入るたびにくすくすと笑い出す。

勿論僕は母にりんごを剥いてやる事も食事を運んでやる事もしない。

ほとんど会話もなく、母はテレビを見ながら大笑いし、僕は相変わらず教科書とノートを広げ、いつも二人で家の中で過ごす日常と変わらない時間が流れていた。

学校が終わると塾へ向かい、塾が終わるとそのまま母の病室へと向かった。

家についてお風呂と夕飯を済ませ、机に向かうと勉強に注ぐ体力というものが僕の体には殆ど残っていない。病人に関わる事がこんなに疲れるものだなんて思ってもみなかった。僕は精神的な疲れというものを身内の病気を以て初めて味わったような気がする。自分が人並みであることを実感し、僕はこの時に少し安心感を覚えたのである。

僕が欠陥人間ではなかったことを話したら、一番喜んでくれるはずのその人は今、病室で一人闘っている。

ベッドに倒れ込むようにして眠りにつき、朝目覚めて母の部屋を覗くとやはり母の姿はなかった。母を起こす事も、朝ごはんまだ?と嫌味を言う事もない。

一日の中で僕はその時間が一番嫌いになった。

もしかして母はこのままこの家に戻らないかもしれないと不吉な予感が僕の頭の中を駆け巡

り、不安になってしまうからだ。

過去に一度も僕の脳裏を掠める事のなかった孤独というものが否応なく迫ってきている。

母が入院した日から僕は毎朝バスに乗る時間を二つ早め、学校には今まで以上に早く登校するようになった。

ある日の夜、正則から電話があった。

「母ちゃんが春太にご飯作るから俺も一緒にそっちにいくさあね」

ご飯を作ってあげるから俺も一緒に行っていいか、ではない。

ご飯を作るから俺も行く、なのだ。

僕の都合に関係なく、彼らの中ではもう決定事項だ。

「はあ、今から？まあいいけどさあ」

僕は電話を切った後すぐにコンビニで買ってきたカップラーメンとおにぎりをまた袋にしまった。

玄関から上がり込んでくる彼らの姿はこの前と違ってサザエさんのエンディングのシーンではなくて、亀田三兄弟とその妹に見えた。たぶん僕と正則をボコボコに殴ったあの父親のせいかもしれない。

翌日、学校を終えた僕は母の入院している病院へと向かった。

今日は母の主治医から病理検査の結果を言い渡される日だ。電車とバスを乗り継ぎ、予約の時間より早めに到着した僕は診察室の前で外来の人たちがひけるのを待った。

外来の患者の診察が終了すると同時に僕は③と記された部屋に通され、背もたれのない丸い回転椅子に座らされた。

「ではこれからお母さんの病名とその性質について説明しますから、落ち着いて聞いて下さい」

「はい」

僕は冷静を装って背中を伸ばし、医者の顔をまっすぐに見た。

口を真一文字に閉じ、何を聞いても驚かないつもりで精一杯踏ん張ってみたが手の震えだけはどうする事も出来なかった。

母と同じくらいの年齢の看護師が僕の手の甲をぎゅっと握って

「しっかりしなさい」と僕に言う。

医師と看護士の声が少しづつかすんで遠くに聞こえた。頭の中を白い霧が埋め尽くし、僕の意識は大気圏の方へ吸い込まれようとしていた。

数分後、僕は待合室の椅子に座り、大声をあげて泣いた。

教科書のぎっしり詰まった革の学生鞄に顔を埋め、人目もはばからず身を捩らせ、まるで言葉のしゃべれない乳幼児のように僕は泣いた。

勤務を終えて帰ろうと早足で歩いている受付の女性や看護師たちも僕に声をかけることを躊躇している。

待合室の後方の大きな窓から西日が射し始め、僕の前に長い影が出来た。影も肩を揺らして泣いている。

ゆらゆらとしみじみと僕と一緒に揺れた。

「お母さんの癌細胞は比較的におとなしいタイプです。完治に向けて頑張りましょう」

次の瞬間、僕は背もたれのない回転椅子の上で気を失ったようだ。

診察室を出て待合室の椅子に移動した記憶がうっすらあるだけだ。

床に映し出された僕の影は時間が経つにつれ、その形と濃淡が曖昧になり、それに合わせるかのように僕の胸の奥は和らいでいく。

背中の方から懐かしい匂いがした。

洗い立ての洗濯の匂い。

野菜のシャキッとした匂い。

卵焼きの匂い。ゴーヤチャンプルーの匂い。

母さんの匂いだ。

僕らはこれからも二人で生きていく。

ずっとそうしてきたように。

僕の未来に母さんは生きている。

「春太。こんなところで泣いたらおかしいさあ」

僕を見つけた母は焦って僕の手をとった。僕は母に腕を持たれ、母の病室へと向かった。

高熱でも出さない限り、僕が母の肌に触れることはない。でも今日はいいんだ。この温もりの偉大さを僕は噛みしめる。人生を成功させるにあたり、僕に必要不可欠だったもの。それは今触れているこの温もりだったんだ。

「春太。おなか空いたねえ。退院したらゴーヤチャンプルー早く食べたいさあ」

母と同室の人が部屋から出てきた。

僕は母の腕を振り解き、少し離れて歩いた。母がベッドに横たわり目を閉じると、僕は無性に正則に会いたくなった。


母親も退院の目途がついたことでぼくはまた受験勉強にも専念することができた。正則は陸上部でエースとして大活躍している。朝の通学バスは相変わらず僕に纏わりついてくることは今までと何も変わりはないが、僕は以前と違って正則のどうでもいい話に少しばかり耳を傾けるようになっていた。

僕にとって最良の環境が整ったところだった。

「だけどよ、春太、お前の母ちゃんすげーな。病気になってもお前の将来のことばかりを一生懸命考えて」

「ああそうかも」

「親ってさ、川を上る鮭みたいさあ。産卵のために海から川へ上って海水から真水に体を慣らして卵を産んだら自分は朽ち果てて白熊とかに食べられてしまうんだ」

正則にしては珍しく常識的でまじめな内容だった。

「家族は良い事も悪い事も共有しないと意味がない。うちの母ちゃんの口癖。春太のところもそうさあ」

僕は小さく頷き、正則の毛深い腕を眺めながら言った。

「そうか、いい話だとは思うが、たぶんそこには白熊は生息していない。ヒグマと月の輪クマはいるけどな。しかもクマの生息地を二分するブラキストン線というのがあるんだ」

正則は頭を掻きながら
「もうー細かいこと言うなさあ」と笑った。

初めて出会ったあの日から正則は少しも変わっていない。

インパクトのあるその風貌とは違って、正則には美しい精神が宿っていることを僕はもう認めざるを得なかった。

この頃は僕の方から話しかけることも多くなった。

「あのさあ、君のお母さんもやっぱり朝は弱いのか?」

「まさこー?早起きして朝からちゃあ么びーだよう」

確かに初めて会ったあの夜も瑞慶覽正子はお箸を手に持ったまま、食べることも忘れて比嘉春子と夢中で喋っていた。その時のとても楽しそうにしていた母の顔が思い出された。

僕らは卒業を間近に控えていた。

卒業式の日、僕は古沢麻友に告白することを決め、実行した。正則に出会ってなければ僕はそんなこともせずに高校生活を終えていたことだろう。結果は惨敗だったが、僕はすっきりした気持ちで三年間過ごした学び舎を後にした。


それから四年後、国立大学の法学部を卒業した僕は都内でもわりと名の通った一流の弁護士事務所に就職も決まり、思い通りに人生を突き進んでいる。

この春から一人暮らしを始めたのだが母親からは月に一度のペースで食べ物や衣服が送られてくる。今日届いた小包の中には紐の擦り切れたシーサーのストラップが入っていた。いかついシーサーの顔を見ると正則の父親の強烈なパンチが思い出され少し身震いがした。

僕はそいつの顔をぐっと睨み返した後、財布にしまった。

高校を卒業すると同時に生まれ故郷の沖縄へ一人で帰ってしまった正則に僕は毎日のようにラインを送っている。彼の母親、瑞慶覧正子によると最近の彼は辺野古の基地建設反対運動に全力を注いでいるという。

ゲート前で座り込み、真剣に拳をつき上げる姿はカメラに撮られ、全国ネットでゴールデンタイムのニュース番組にも何度も映ったのだと瑞慶覧正子は比嘉春子に話していた。

僕のラインはほとんど既読無視され、正則と僕の立場は完全に逆転した。

「向かうところ敵無しの察度王の寝込みを襲って左手切断に追い込んだ犯人は誰だったのか」

とうとうその答えを知らないまま正則は沖縄へ帰っていった。

正則、答えはハブだ。

僕の家族、僕の親友が生まれた島は今日も晴れている。

僕を揺さぶり、僕を惑わせ、僕を救った者たち。

無垢なＤＮＡは生まれながらにしてその肉体に宿り、美しい南の島で育まれた。

「お前もそうなのか?」

僕は財布の中からもう一度シーサーのストラップを取り出し、テーブルの上に置き、しばし見つめ合った。

数ヶ月前の話になるが僕は大学の卒論を仕上げるにあたり、ある一人の少年に連絡をとってみた。

卒論の主題は「沖縄の地に根付く愛と平和という思想」

その内容をより深いものにするために僕はあの夜、うだるような暑さの中、一晩中僕に風を送ってくれたあの少年をもっと知る必要があった。

中学生になった彼は

「その時の記憶はほとんどないから役に立てない。にいにいごめんね」というメールをくれた。僕はそのメールの文章をそのまま卒論に盛り込んだ。

最後に僕は「これが僕のルーツです」と書き、卒論を終了させた。

卒論のテーマに「沖縄」というキーワードを選択した事を僕は母にはまだ言ってない。たぶん一生言わない。

新沖縄文学賞歴代受賞作一覧

第1回(1975年) 応募作23編
受賞作なし
佳作・又吉栄喜「海は蒼く」/横山史朗「伝説」

第2回(1976年) 応募作19編
新崎恭太郎「蘇鉄の村」
佳作・亀谷千鶴「ガリナ川のほとり」/田中康慶「エリーヌ」

第3回(1977年) 応募作14編
受賞作なし
佳作・庭鴨野「村雨」/亀谷千鶴「マグノリヤの城」

第4回(1978年) 応募作21編
受賞作なし
佳作・下地博盛「さざめく病葉たちの夏」/仲若直子「壊れた時計」

第5回(1979年) 応募作19編
受賞作なし
佳作・田場美津子「砂糖黍」/崎山多美「街の日に」

第6回(1980年) 応募作13編
受賞作なし
佳作・池田誠利「鴨の行方」/南安閑「色は匂えと」

第7回(1981年) 応募作20編
受賞作なし
佳作・吉沢庸希「異国」/當山之順「租界地帯」

第8回(1982年) 応募作24編
仲村渠ハツ「母たち女たち」
佳作・江場秀志「奇妙な果実」/小橋啓「蛍」

第9回（1983年）　応募作24編
受賞作なし
佳作：山里禎子「フルートを吹く少年」
第10回（1984年）　応募作15編
吉田スエ子「嘉間良心中」
山之端信子「虚空夜叉」
第11回（1985年）　応募作38編
喜舎場直子「女綾織唄」
佳作：目取真俊「雛」
第12回（1986年）　応募作24編
白石弥生「若夏の訪問者」
目取真俊「平和通りと名付けられた街を歩いて」
第13回（1987年）　応募作29編
照井裕「フルサトのダイエー」
佳作：平田健太郎「蜉蝣の日」

第14回（1988年）　応募作29編
玉城まさし「砂漠にて」
佳作：水無月慧子「出航前夜祭」
第15回（1989年）　応募作23編
徳田友子「新城マツの天使」
佳作：山城達雄「遠来の客」
第16回（1990年）　応募作19編
後田多八生「あなたが捨てた島」
第17回（1991年）　応募作14編
受賞作なし
佳作：うらしま黎「闇の彼方へ」／我如古驟二「耳切り坊主の唄」
第18回（1992年）　応募作19編
玉木一兵「母の死化粧」
第19回（1993年）　応募作16編
清原つる代「蝉ハイツ」

佳作：金城尚子「コーラルアイランドの夏」
第20回（1994年）応募作25編
知念節子「最後の夏」
佳作：前田よし子「風の色」
第21回（1995年）応募作12編
受賞作なし
佳作：崎山麻夫「桜」／加勢俊夫「ジグソー・パズル」
第22回（1996年）応募作16編
崎山麻夫「闇の向こうへ」
加勢俊夫「ロイ洋服店」
第23回（1997年）応募作11編
受賞作なし
佳作：国吉高史「憧れ」／大城新栄「洗骨」
第24回（1998年）応募作11編
山城達雄「窪森」
第25回（1999年）応募作16編
竹本真雄「燠火」
佳作：鈴木次郎「島の眺め」
第26回（2000年）応募作16編
受賞作なし
佳作：美里敏則「ツル婆さんの場合」／花輪真衣「墓」
第27回（2001年）応募作27編
真久田正「鱬鯝」
佳作：伊礼和子「訣別」
第28回（2002年）応募作21編
金城真悠「千年蒼茫」
佳作：河合民子「清明」
第29回（2003年）応募作18編
玉代勢章「母、狂う」
佳作：比嘉野枝「迷路」

第30回（2004年）応募作33編
赫星十四三「アイスバー・ガール」
佳作・樹乃タルオ「淵《クムイ》」
第31回（2005年）応募作23編
月之浜太郎「梅干駅から枇杷駅まで」
佳作・もりおみずき「郵便馬車の馭者だった」
第32回（2006年）応募作20編
上原利彦「黄金色の痣」
第33回（2007年）応募作27編
国梓としひで「爆音、轟く」
松原栄「無言電話」
第34回（2008年）応募作28編
美里敏則「ペダルを踏み込んで」
森田たもつ「蓬莱の彼方」
第35回（2009年）応募作19編
大嶺邦雄「ハル道のスージグァにはいって」

富山洋子「フラミンゴのピンクの羽」
第36回（2010年）応募作24編
崎浜慎「始まり」
佳作・ヨシハラ小町「カナ」
第37回（2011年）応募作28編
伊波雅子「オムツ党、走る」
佳作・當山清政「メランコリア」
第38回（2012年）応募作20編
伊礼英貴「期間工ブルース」
佳作・平岡禎之「家族になる時間」
第39回（2013年）応募作33編
佐藤モニカ「ミツコさん」
佳作・橋本真樹「サンタは雪降る島に住まう」
第40回（2014年）応募作13編
松田良孝「インターフォン」
佳作・儀保佑輔「断絶の音楽」

第41回（2015年）　応募作21編
長嶺幸子「父の手作りの小箱」
第42回（2016年）　応募作24編
黒ひょう「バッドデイ」
梓弓「カラハーイ」
第43回（2017年）　応募作33編
儀保佑輔「Summer vacation」
佳作・仲間小桜「アダンの茂みを抜けて」
第44回（2018年）　応募作24編
中川陽介「唐船ドーイ」
高浪千裕「涼風布工房」
第45回（2019年）　応募作22編
しましまかと「テラロッサ」
第46回（2020年）　応募作33編
なかみや梁「ばばこの蜜蜂」
第47回（2021年）　応募作24編
ゆしわら・くまち「ラビリンスーグシク界隈」
円井定規「春に乗り遅れて、半額シールを貼られる」
第48回（2022年）　応募作19編
芳賀郁「まぶいちゃん」
星のひかり「私のお父さん」

筆者　星のひかり
　本名・山西光子（やまにし・みつこ）1962年沖縄県国頭村生まれ。県立辺土名高校普通科卒業。神奈川県在住。介護士。第17回おきなわ文学賞県知事賞（小説部門）受賞（受賞作「なつの思い出」）。

私のお父さん

タイムス文芸叢書 016

2023年2月9日　第1刷発行

著　者　星のひかり
発行者　武富和彦
発行所　沖縄タイムス社
〒900-8678　沖縄県那覇市久茂地2－2－2
出版コンテンツ部　098－860－3591
www.okinawatimes.co.jp
印刷所　文進印刷

ISBN978-4-87127-296-4　Printed in Japan